LES LOUPS DU SAHEL

© 2020, Nicolas, Boris
Edition : Books on Demand,
12/14 rond-Point des Champs-Elysées, 75008 Paris
Impression : BoD - Books on Demand, Norderstedt, Allemagne
Dépôt légal : septembre 2020

Boris Nicolas

LES LOUPS DU SAHEL
roman

ISBN : 9782322242962

Préface

Lors des journées professionnelles d'inauguration de la Biennale de Venise 2019 l'épave éventrée et rouillée du chalutier qui fit des centaines de victimes en Méditerranée était présentée sur les quais de l'Arsenal. Ralph Rugoff, directeur artistique de la Biennale nous expliqua « C'est un artiste qui est à l'origine de cette présentation. Il a pris un élément réel associé à la tragédie de la mort et l'a placé dans le monde de l'art pour nous interroger ». A mon retour de Venise, j'ai trouvé sur mon bureau une dizaine de manuscrits à lire.

Pour Les loups du Sahel la coïncidence des objectifs ayant guidé l'écrivain et le créateur de la mise en scène de Venise était claire : délivrer un cri d'alerte.

Avec une parfaite maîtrise de la technique romanesque Boris de Bessarabie a choisi un épisode tragique de notre époque « les attentats islamistes » en le plaçant par des chemins détournés et attractifs dans le monde créatif de l'édition afin de nous inciter à la réflexion, nous tous qui sommes concernés.

Les Loups du Sahel est un roman à la fois poétique, sensuel, tragique, engagé, hors des sentiers battus.
Paris le 19 mai 2019
Olivier S* – Comité de lecture des Éditions*

« L'homme est un loup pour l'homme. »

Thomas Hobbes

De Cive - Le citoyen - 1651

Elle est arrivée, elle a fondu sur lui comme un animal furieux, un soir gris de septembre.

Il y était pourtant un peu préparé, comme cela peut arriver à des personnes effleurées une fois par des idées auxquelles elles ne pensent plus, mais un jour, dans des circonstances tout à fait anodines, celles-ci reviennent insidieuses, elles sont là tout à coup, violentes comme peuvent l'être des pluies diluviennes, imprévues, venues de loin.

Cette folle idée qui allait alimenter les journaux et les télévisions, faire courir les photographes et les policiers, faire naître des passions inavouables et des haines raciales dévastatrices, cette idée était née lors d'une soirée organisée chez lui.

Son nom est Simon Hartman.

Il avait invité quelques amis et des relations de différents niveaux culturels et sociaux.

Étaient présents Lawrence, photographe conseiller artistique, son épouse Deborah, avocate spécialisée en droit international, le directeur d'une agence de banque et son adjoint, un artisan plombier, une retraitée de la fonction publique, un couple d'agents immobiliers, un jeune chirurgien avec sa dernière conquête, une infirmière pleine d'espoir.

Simon souhaitait avoir des avis, des critiques, de monsieur et madame de tous bords, du diplômé, du manuel, il espérait pouvoir lire sur leurs visages les sentiments que ses peintures y feraient naître, la surprise, l'ennui, la réprobation, peut-être la colère.

Pour cette occasion il avait accroché six tableaux non signés de sa nouvelle facture, celle à laquelle il travaillait avec acharnement et passion depuis six mois, tous les jours et parfois une partie des nuits. Il avait passé beaucoup de temps pour présenter ceux-ci sur les murs, soucieux de leur placement dans l'entrée contiguë au salon-salle à manger. .

A travers les grandes baies vitrées, une lumière blanche de septembre inondait la pièce et donnait aux couleurs des tableaux leurs vraies valeurs, celles travaillées par Simon pendant des heures pour juxtaposer des espaces colorés souvent monochromes avec les traces vigoureuses des noirs profonds.

Les noirs ne lui posaient pas de problèmes, la vraie difficulté résidait dans les tissus transparents peints en rouge primaire qui parfois se décoloraient en partie avec l'eau ajoutée. Les collages, dont certains devenus roses, pouvaient être les voiles qu'une jeune fille aurait repoussé dans son sommeil ou abandonné aux mains d'un amoureux. C'est en prenant connaissance des écritures sur la toile que la signification de ces récents tableaux abstraits prenait un caractère obsédant.

Les textes étaient si évocateurs qu'à l'évidence les tissus plus ou moins transparents venaient en réalité recouvrir des cadavres invisibles que l'on pouvait imaginer mutilés en lisant les phrases courtes, terribles, écrites à la mine de plomb d'une main tremblée, placées au-dessous des linceuls, près du bord inférieur, à droite.

Les deux tableaux qu'il avait accroché de chaque côté de la cheminée, au fond du salon, étaient bien en valeur, deux grands formats que le regard pouvait saisir dans leur intégrité dès l'entrée dans la pièce, grâce à l'éloignement. Il fallait se rapprocher pour pouvoir déchiffrer les petites écritures serrées sous les grandes taches roses-rouges des tissus transparents collés dans leur partie inférieure droite.

Une fraîcheur inhabituelle prenait possession des lieux, Simon se dit qu'un petit feu dans la cheminée serait bien agréable. Cette perspective et l'accrochage de ses tableaux lui apportèrent un certain plaisir.

Il téléphona à Aïcha la jeune marocaine qui venait s'occuper de la maison depuis sa séparation avec Judith. Les canapés et les fauteuils seraient poussés devant les baies vitrées pour dégager le centre de la pièce, cela permettrait d'y dresser le buffet, les invités pourraient en faire aisément le tour pour se servir puis prendre les places assises devant les tables basses et aussi face aux tableaux que personne n'avait encore vu excepté Aïcha lors des ménages dans l'atelier. Elle y travaillait vite car Simon détestait être interrompu.

Les tableaux étaient pour elle une préoccupation parce qu'il fallait déplacer ceux posés par terre avec précaution avant de passer l'aspirateur et la serpillière. Elle se demandait parfois comment on pouvait faire des choses aussi dérangeantes et les petits textes écrits sur les choses accentuaient le sentiment de tristesse ressenti en les regardant sourcils froncés et en y repensant le soir dans sa chambre. Aïcha avait revêtu ce jour une tenue différente de celles portées pour faire le ménage. Simon lui avait demandé de rester le soir pour renouveler le buffet et les boissons, elle avait accepté avec joie.

Une jupe noire en tissu souple s'arrêtait juste au-dessus des genoux et contrastait avec un chemisier beige à grand col en dentelles sur lequel reposait un collier berbère terminé par un petit médaillon. Elle ouvrit la porte du sous-sol avec la clef de la maison qu'elle gardait toujours pour y venir pendant les voyages de Simon, elle ôta ses escarpins, chaussa ses petites ballerines et prit l'escalier qui débouchait dans l'angle du salon.

La chaîne hi-fi transmettait un enregistrement de Nigel Kennedy interprétant Vivaldi avec vigueur. Simon sursauta lorsque Aïcha toussa et se retournant il resta un moment pétrifié, découvrant une silhouette inconnue, attrayante, et un visage enfantin encadré d'une opulente chevelure frisée, d'un bleu-nuit profond, qu'il voyait déployée pour la première fois, car toujours en chignon pour le travail, de surcroît dissimulé sous un foulard. Il lui fallut un certain temps pour se ressaisir et allant vers elle :

– Quelle surprise de vous.. il hésita, se reprit, de te voir habillée ainsi, mes invités vont être heureux d'être servis par une belle jeune fille comme toi.

Ses lèvres ourlées, sensuelles, esquissèrent un petit sourire discret, il n'ajouta pas que lui aussi était content. Il imagina même tous les hommes, compris les deux banquiers homosexuels, aussi les femmes, portant leurs yeux étonnés sur elle, se posant la question :

– Est-ce que Simon et elle ?

Cela ne lui déplaisait pas.

La journée s'annonçait belle. Ils procédèrent à la mise en place des mets sur le grand plateau de contre-plaqué recouvert d'une nappe blanche. Simon aimait recevoir et veillait à satisfaire ses invités dans les moindres détails. En cette occasion particulière, il avait fait trente cinq kilomètres le mois précédent pour rendre visite au meilleur traiteur de la région, celui qui livrait les palaces et les milliardaires de la côte, il était resté deux heures pour étudier les assortiments possibles d'un buffet raffiné, innovateur, inventif, surprenant. En un mot une offre gastronomique en heureuse harmonie avec ses nouvelles œuvres exposées sur les murs du salon.

C'est ainsi qu'en cette fin d'après midi, petit à petit, la nappe se couvrit de ramequins, de soucoupes, de gobelets dans lesquels de nombreux mets colorés avaient été déposés, des noix de coquilles Saint-Jacques sur mousse d'artichaut, du foie gras sur lit de figues fraîches, des œufs de saumon aux grains blancs de sésame épicé, des timbales de feuilleté au gingembre, des tranches enroulées de jambon des Grisons et des fines lamelles rosées de viandes d'Argentine, des fromages de différentes régions de France et d'Italie. Ils avaient gardé les desserts au frais avec les vins blancs et mis les coupes pour le champagne dans le congélateur car Simon aimait leur aspect givré quand on les présentait au dernier moment pour l'apéritif. Sur une console étaient alignées les bouteilles de vins rouges, des crus classés, aussi des vins légers de Loire.

Ce fut pendant deux heures un ballet incessant entre le salon et la cuisine. Simon et Aïcha avaient trouvé naturellement un rythme de passage alterné pour ne pas se gêner à la porte séparant les deux pièces. Plusieurs fois Simon avait dérogé à la règle, il était resté dans le salon pour regarder à la dérobée Aïcha déboucher de la cuisine d'un pas mesuré, le plateau dans les mains, c'était à chaque fois le même étonnement, la découverte d'une démarche juvénile qu'il trouvait sensuelle à cause du tissu souple de la jupe sur ses cuisses en mouvement et elle, prenant conscience de cet intérêt appuyé pour sa personne s'était une fois retournée vivement et avait murmuré avec un léger accent coloré du Sud :

– Au travail... Monsieur.

Le travail était terminé une heure avant l'arrivée prévue des invités, tout était en place pour le buffet somptueux, les lumières douces diffusées par les lampadaires aux abat-jours en coton écru jouaient sur les mets colorés savamment disposés et faisaient miroiter les fines verreries alignées à côté des assiettes. En cette fin de journée de septembre, le ciel était déjà assombri. Aïcha avait allumé toutes les lumières du salon, déplaçant une lampe de table pour un meilleur rendu, elle avait posé sur une console les longues allumettes pour les bougies réparties dans la pièce, elle avait froissé et placé les vieux journaux sous les bûches dans le foyer de la cheminée, elle avait fait cela de sa propre initiative, évoluant avec légèreté entre les tables sous les yeux de Simon qui l'observait maintenant sans retenue.

Ce soir de septembre, il regardait Aïcha, si jeune et pourtant maîtresse de maison accomplie, trouvant pour chaque objet la juste place, celle qu'il aurait choisie certainement après plusieurs hésitations, étant devenu, à trente huit ans, si indécis pour tout. Il était assis sur la banquette deux places en bambou qu'il avait dessiné et importé d'Asie, placée dans un angle du salon, ainsi il voyait l'ensemble de la pièce et ses six tableaux maintenant sous les lumières des appliques, il restait encore beaucoup de temps avant l'arrivée des premiers invités. Il la pria de venir s'asseoir à côté de lui pour voir si tout était en ordre. Elle le fit, avec un petit temps d'arrêt devant le canapé, comme s'il lui semblait inconvenant de s'asseoir avec le patron, mais Simon tapota de la main le coussin, c'était une invitation claire, elle le fit, assise bien droite, elle semblait menue à côté de lui, il ne put s'empêcher de lui poser la question qui lui trottait dans la tête depuis son apparition en haut de l'escalier :

– Quel âge as-tu Aïcha ?

Elle lui sourit et après un silence :

– Cela est-il important ?

C'était dit gentiment, la nuance dans le ton signifiait bien l'inutilité d'insister, Simon le comprit, en appréciant sa délicatesse, elle aurait pu dire d'une manière péremptoire et un peu vexante pour lui que cela n'avait aucune importance, après tout cette question était un peu indiscrète. Elle était assise à l'autre extrémité de la petite banquette, sa main posée sur le coussin entre eux deux, comme un rempart pensa curieusement Simon, il regarda cette main aux longs doigts, aux ongles soignés malgré les travaux de ménage qu'elle faisait, il ne sut pourquoi, il posa sa main sur la sienne.

Il lui sembla qu'un frémissement avait parcouru la peau légèrement cuivrée de son bras, nu jusque sous la petite manche de son corsage, elle retira sa main avec douceur, son regard fit le tour du salon.

Elle se tourna alors vers lui, son sourire semblait malicieux :

— Je crois que tout est en ordre.

Il ne sut si ce « tout » concernait la mise en place effectuée l'après-midi ou le fait que sa main ne soit plus prisonnière de la sienne.

— Tu as raison Aïcha, si tu me parlais de toi, avant l'arrivée des invités.

Les spots éclairant le palmier centenaire s'étaient allumés, il était donc 19h30, il restait encore du temps, une petite demie-heure, et parce que, hormis les questions toujours banales concernant son travail de femme de ménage, l'occasion de parler était devenue rare, mais surtout, aussi loin que sa mémoire la portait, elle ne se souvenait pas qu'un homme lui ait demandé de parler d'elle, elle regarda Simon, son visage attentif lui donnait confiance :

– J'ai peur que cela va vous ennuyer, Monsieur.

Son sourire était triste, la lumière du lampadaire avait éclairé ses dents d'une blancheur de glacier.

Il la pria de parler, un long moment s'écoula, un petit pli, une petite crevasse se dessina sur son front au dessus du nez entre les sourcils, il lui semblait pouvoir lire sur son visage une concentration douloureuse.

Par la baie vitrée grande ouverte on entendait le vent jouer dans les pins autour de la propriété. Sa voix faible s'éleva, elle avait les yeux baissés, comme si elle se parlait à elle-même.

– Je suis née à Tagounite,, dans le désert du Sud marocain, j'y ai vécu jusqu'à l'age de dix ans, puis mon père a été nommé professeur à Marrakech, c'était un homme de grande sensibilité, très généreux, il se privait de tout le superflu, ma mère aussi, pour me permettre de faire des études à l'université.

Elle releva la tête, elle regarda Simon, elle ne connaissait rien de Simon, elle lut dans ses yeux bleus la même générosité que dans ceux de son père :

– Un soir de mai mes parents sont allés faire des courses à Guéliz, un camion fou a percuté leur voiture, ils ont été tués sur le coup.

Son buste amorça un mouvement de tassement, les épaules tirées vers le bas, des larmes brillèrent une fraction de seconde sur ses joues avant de plonger et se perdre dans les plis de son corsage :

– J'ai été recueillie ici par ma tante, il y a trois mois, elle est pauvre, alors en attendant de trouver un travail pour avoir de quoi manger, je fais des ménages, voilà Monsieur, je vous l'avais annoncé, tout cela n'a pas grand intérêt pour vous.

Simon lui prit doucement la main, la porta à ses lèvres sans un mot, sans qu'elle s'y opposa. Il y déposa un baiser léger et tendre.

Lawrence et Déborah arrivèrent les premiers, bras chargés de cadeaux et de bouteilles que Aïcha alla déposer sur une console près du buffet. Lawrence jeta un coup d'œil circulaire et se dirigea rapidement vers le tableau à droite de la cheminée, il sortit ses lunettes cerclées de métal, les ajusta d'une manière que Simon trouvait un peu étudiée et théâtrale, se pencha un court instant vers l'œuvre et revint vers l'entrée d'un pas pesant au moment où d'autres invités arrivaient, groupés, encombrés de visages rayonnants et de paquets aux papiers colorés dont Aïcha les débarrassait en faisant plusieurs allers-retours. Il n'échappa pas à Simon que les regards s'attardaient sur elle plutôt que sur ses tableaux.

Les banquiers, les agents immobilier et la retraitée avaient pris pour cible le buffet et complimentaient à très haute voix Simon pour la présentation des mets, l'équilibre des couleurs, comme des tableaux, Maître, disait l'un deux, eux qui n'avaient pas eu un seul regard pour ceux exposés sur les murs, bien en évidence à quelques mètres. Simon reçut ainsi la première blessure de sa soirée.

Pendant que ces invités rivalisaient d'adjectifs élogieux sur la qualité esthétique du buffet, avant de pouvoir y goûter, Simon regardait Lawrence, seul près de l'entrée, captivé par Aïcha, ne la quittant pas des yeux, au mépris de ce que pouvaient penser Déborah et les autres. Il est vrai que Lawrence est photographe se disait-il, ceci explique peut-être cela, mais enfin il avait imaginé et espéré que la priorité de son ami serait de lui donner son avis sur l'originalité que les petites et terribles annotations, griffées entre les tissus tachés de rouge, apportaient selon lui dans l'évolution de la peinture contemporaine. Et lorsque Lawrence vint vers lui, enfin se dit Simon, je vais savoir ce que mon ami pense de mon travail, son avis est tellement important pour moi, Lawrence avait les yeux brillants :

– Dis-moi Simon, qui est cette petite, c'est ta nouvelle conquête, bravo mon vieux, fait attention quand même, avec une mineure.

Ce fut la deuxième blessure de sa soirée, plus grave que la première, celle qui lui donnait envie de gifler son meilleur ami ou de prendre la voiture et de rouler loin de tout pour oublier, comme s'il était possible d'effacer des blessures profondes, même en partant à l'autre bout du monde.

Il détourna la tête et rencontra le regard inquiet de Aïcha, elle était venue rapidement vers lui :

– Ça ne va pas Monsieur, vous voulez que je vous apporte quelque chose ? et comme il se taisait:

– Vos amis ont l'air ravis, je pense qu'ils attendent le champagne, puis-je les servir ?

Il acquiesça d'un signe de tête et se tournant vers Lawrence, à voix basse mais lourde de reproches :

– C'est tout ce que tu as à me dire, tu sais pourtant que ces tableaux représentent six mois de travail, de jour et souvent la nuit, et ta seule question concerne ma femme de ménage que tu regardes d'une manière...oui...très inconvenante.

Lawrence connaissait très bien Simon, il s'attendait à cette réaction de dépit, il posa sa main sur l'épaule de son ami, lui murmura à l'oreille :

– Allons Simon, ne te fâche pas, tu es et seras toujours un rêveur, un rêveur fou qui cette fois est allé un peu trop loin, nous pourrons en parler plus tard, tu ne crois pas ?

Le chirurgien et sa conquête arrivèrent en retard, une opération ne s'était pas très bien passée. Il fut question des difficultés de la profession, du manque de locaux, de la restriction des subventions. Tous ces détails que Simon aurait écouté par politesse en d'autres circonstances l'ennuyaient profondément ce soir et la phrase de Gaëtan, ponctuée d'un éclat de rire tonitruant qui retentit dans le salon, fut une blessure supplémentaire :

– Quelle orgie ce buffet, mon cher, une bouffe à la Marco Ferreri.

Le petit chirurgien aimait faire savoir qu'il avait une certaine culture :

– Vous avez dû y passer beaucoup de temps et votre délicieuse serveuse au teint basané s'y accorde très bien, mes félicitations, vous avez du goût, mon ami.

Il aimait gratifier les gens de ce terme, pensant au fond de lui-même que c'était un honneur, bien sûr, d'entrer dans le cercle de ses amis personnels.

Depuis l'arrivée des premiers convives, pas un mot n'avait encore été dit sur les tableaux exposés.

Simon avait organisé cette soirée avec la pensée de recevoir des avis et des d'appréciations sur un langage pictural qu'il estimait inventif, assez éloquent selon lui pour faire changer l'idée que la plupart des gens se font de la peinture, à savoir un truc qui irait bien sur le mur au-dessus du buffet de la salle à manger, avec des couleurs bien assorties aux rideaux et un cadre sculpté doré façon antique.

La soirée se déroulait dans la meilleure ambiance, les invités s'enquéraient de la composition de certains mets particuliers, demandaient leur recette à Aïcha qui n'était jamais prise en faute, inventant certains mélanges lorsqu'elle avait un doute.

Les femmes étaient surprises par sa jeunesse et ses capacités de cuisinière, les hommes faisaient semblant de s'intéresser pour pouvoir la dévisager avec gourmandise sans paraître impolis, Georges le plombier faisait le beau pour recevoir un breuvage versé avec un léger sourire discret, le Roederer coulait à flot dans les flûtes élancées, dessinées par Luigi Colani, le Château de Calliffet année 2009 resplendissait de pourpre dans les verres, les conversations étaient animées, tout cela avec un fond musical discret, léger, aimable, que Simon avait sélectionné: Vivaldi, Corelli, Antonio Rosetti, Boccherini, Carlo Cecere, Domenico Cimarosa.

Les femmes s'étaient assises ensemble sur les canapés face aux tableaux, Simon saisissait des bribes de phrases, sur les enfants et les pipis du dernier. Les hommes parlaient de golf, de politique, du montant indécent des transferts de footballeurs.

Il s'arrêta pour écouter un exposé brillant de Lawrence sur l'attitude passive des gouvernements face à la délinquance et aux attentats dans le monde, à tous ces milliers de morts innocents qui faisaient honte à tout le monde, oui, à tout le monde, à moi, à vous, il pointait un doigt accusateur vers eux, gênés, pensant sans oser le dire, on pourrait peut-être parler de sujets plus réjouissants, mais pas un mot de Lawrence sur les inscriptions terribles, accusatrices, écrites sur les tableaux juste derrière lui, comme si elles n'existaient pas, ou plus grave encore, étaient inutiles.

Poli au début, hésitant un instant à interrompre son ami, se demandant si son omission des inscriptions n'était pas volontaire, ne pouvant plus enfin, au fil des minutes qui passaient, supporter cette immense déception qui se posait sur lui et l'oppressait, Simon abandonna ses invités sans un mot d'excuse, il sortit sur la terrasse face à la méditerranée.

Les minuscules cristaux de lune jouaient à cache-cache sur l'eau frémissante, à sa gauche la presqu'île de G* se découpait sur la mer. Quelques lumières y scintillaient encore dans l'humidité de l'air, il fut saisi par tant de beauté, de sérénité, il se demanda pourquoi son caractère le poussait depuis plusieurs semaines à mettre en scène des problèmes qui concernent tout le monde mais que le monde regarde sagement tout en feignant l'indignation.

Le vent frais soufflant du large le fit frissonner, il ressentit une présence discrète derrière lui, une main se posa avec douceur sur son bras, l'autre main lui tendait une coupe de champagne :

– Vous allez bien, Monsieur ?

Et comme si elle avait pressenti quelque chose :

– Ne soyez pas triste, Monsieur, s'il vous plaît.

Elle regardait cet homme immobile qui fixait la mer, qui tout à l'heure avait partagé sa douleur en embrassant sa main avec douceur, elle eut l'impression que ce geste délicat lui avait apporté une connaissance intuitive de lui, elle en fut même de suite persuadée car elle ressentit d'une manière inexplicable le désarroi de Simon, elle n'osa pas le questionner, elle ajouta à nouveau, à voix basse, sans savoir pourquoi :

– S'il vous plaît, Monsieur.

Il était minuit passé lorsque les invités vinrent saluer Simon, le remercier pour cette soirée, inoubliable bien sûr, ils hésitaient sur les formules à employer avec Aïcha qui ne leur avait pas été présentée, ils se posaient la question, serveuse ou maîtresse de Simon, le plus simple était de ne rien dire, même si les hommes regrettaient de ne pouvoir formuler des compliments bien tournés. Aucun ne fit mention des six tableaux pourtant superbement mis en évidence par la lumière qui tombait de chaque applique en laiton. C'est ainsi qu'ils se séparèrent, ravis de ces moments de plaisirs raffinés offerts par Simon, devenu distant, absent, au point de faire penser à certains qu'il avait certainement trop bu de cet excellent vin, le Château....ils ne se souvenaient pas du nom.

Aïcha s'affaira de suite à remettre toute la vaisselle à la cuisine, elle s'étonna que Simon resta sur la terrasse, d'une immobilité d'arbre foudroyé, bien droit face à la mer devenue noire sous les nuages navigants d'est en ouest. Elle se sentait fatiguée mais elle travailla encore une heure environ.

La porte de la cuisine n'était pas encore totalement repoussée, pourtant elle avait été saisie par le changement opéré dans le salon.

Les six tableaux étaient posés sur le sol, retournés contre le mur à côté de la cheminée, bien alignés les uns derrière les autres. Seules subsistaient sur les murs les vastes taches lumineuses des appliques encore allumées. Le salon paraissait d'une nudité absolue, déroutante, presque choquante.

Simon était assis sur la banquette en bambou, il avait l'aspect d'un naufragé perdu en pleine mer sur un radeau fragile. Aïcha se remémora qu'aucun invité ne s'était approché des tableaux, n'avait pris à part Simon pour en parler, elle se dit que cela expliquait sans doute la tristesse inscrite sur son visage, elle s'approcha de lui, elle osa, elle, la petite serveuse, elle lui dit :

– Vous ne devez pas faire cela, Monsieur.

Et comme il la regardait surpris, elle eut l'audace d'ajouter :

– Vous n'avez pas le droit, Monsieur

Simon était médusé :

– Comment cela mademoiselle, pas le droit ?

– Oui, dit elle : un tableau achevé...

Elle ne termina pas, elle dit :

– Le salon est sinistre.

Elle sembla effrayée par ses paroles, sa voix baissa d'un ton, elle lui expliqua que la fatigue l'avait prise d'un seul coup, lui demandant d'excuser ses propos, aussi de bien vouloir lui accorder la permission de dormir dans la chambre d'amis parce qu'elle n'aimait pas être seule dehors la nuit :

– Bien sûr je mettrai tout en ordre avant de partir.

Simon avait du mal à réaliser que la seule personne de la soirée ayant formulé une opinion sur sa peinture était là, debout devant lui, il aurait aimé parler avec elle, longuement, lui dire ce qu'il n'avait pu faire avec les autres.

Il respecta sa fatigue, il la regarda traverser le salon de sa démarche balancée, sensuelle sous la courte jupe aérienne. Elle marqua un temps d'arrêt en haut de l'escalier pour tourner vers lui son beau visage aux yeux vastes et sombres :

– Merci, Monsieur, bonne nuit.

Simon resta un long moment immobile contre le dossier du canapé, il réalisa qu'il aurait dû, lui aussi, remercier Aïcha pour son travail efficace.

Face à ses tableaux retournés contre le mur il pensait à cette phrase accusatrice, surprenante de la part d'une femme aussi jeune, il ressentit tout à coup combien il devenait vraiment seul sans le regard de ses tableaux, encore un peu plus seul dans la vie, dans sa vie.

Un sentiment de profonde lassitude accompagnait sa fatigue naissante, il se leva, manœuvra la commande centrale des volants roulants, le bruit régulier du moteur lui fit penser à celui d'un lourd rideau de théâtre qui se ferme, le spectacle était terminé, au revoir mesdames et messieurs, les spectateurs étaient rentrés chez eux sans avoir compris ni même soupçonné l'objectif du metteur en scène, un vrai fiasco. Il éteignit une à une les lumières du salon, à l'exception du lampadaire sur l'estrade à côté du piano, il se retira dans sa chambre au bout du couloir.

Des rafales de vent se bousculaient sur la terrasse devant la baie vitrée en faisant voleter les premières feuilles d'automne. Simon laissa en désordre sur le sol les vêtements qu'il venait d'ôter, il s'allongea tout nu sur le lit, sur le dos, les bras bien appliqués de chaque côté du corps, les mains inertes, les paumes bien à plat sur le drap.

Au milieu de la nuit, les nuages avaient dérivé vers d'autres lieux, la lune se montrait généreuse et déversait une lumière laiteuse dans la chambre.

Simon s'éveilla avec le sentiment de rêver. Des notes de musique se posaient avec douceur dans le silence, il pensa avoir oublié d'éteindre la chaîne hi-fi, mais non, il ne se trompait pas, il se leva, s'avança avec précaution le long du couloir, s'immobilisa à la porte du salon.

Tout au fond, sur l'estrade, dans la demi-pénombre, la somptueuse chevelure bleu-nuit jetait quelques reflets à chaque imperceptible oscillation de la tête. Aïcha jouait l'andante sostenuto de la sonate n°21 de Schubert. Simon écoutait les notes parfois hésitantes se presser d'une manière plaintive autour du thème central, puis exprimer une douleur lancinante si intense que Aïcha cessa brusquement de jouer. Son buste s'était incliné vers le clavier, elle resta un long moment dans cette position avant de se retourner et de découvrir alors derrière elle la silhouette de Simon, figé nu, dans l'encadrement de la porte du couloir. Son intonation était ironique :

– Seriez vous somnambule Monsieur ?

Et lui, prenant conscience alors de son indécente tenue se mit à bafouiller, la main posée sur le sexe :

– Pardon Aïcha, j'ai l'habitude de dormir sans rien, et quand je me suis réveillé, la surprise d'entendre le piano, je n'ai pas pensé, vous...tu comprends, encore pardon Aïcha.

Il se trouva stupide en se tournant pour rejoindre la chambre, imaginant le regard de Aïcha posé sur ses fesses, il enfila sa robe de chambre, revint rapidement au salon, elle était encore assise sur la banquette double du piano, il s'assit à côté d'elle, serré contre elle, il lui fit part de son étonnement :

– Mes compliments Aïcha, tu as su rendre avec beaucoup de délicatesse le recueillement et la souffrance de Schubert, où as-tu appris le piano ?

Elle s'excusa, elle n'aurait pas dû se permettre d'utiliser le piano sans son autorisation mais elle n'avait pu s'endormir :

– A cause de vos phrases sur vos tableaux, elles sont terribles, Monsieur, elles parlent à tout le monde, à moi aussi, si fort que je n'ai pas fermé l'œil, mais aussi parce que je n'ai pas eu le courage de vous dévoiler toute la vérité au début de la soirée.

Elle s'interrompit un long instant :

– Au lycée de Marrakech j'ai rencontré un fils de notable de la ville qui a disparu le jour où je lui ai annoncé que j'attendais un enfant de lui, je venais d'avoir quinze ans.

Elle regarda Simon, l'idée qu'il pourrait voir en elle une petite garce dont il serait tenté d'en profiter l'effleura, cette idée lui sembla indigne de lui, elle continua à voix si basse que Simon dut se pencher :

– Ma petite Dounia avait un an. Mes parents l'ont emmené avec eux lorsque le camion fou a percuté leur voiture, ils ont été tués sur le coup, tous les trois.

Son corps se mit à trembler :

– Pardonnez moi Monsieur, c'est la première fois que je raconte mes misères secrètes, c'est la première fois aussi en France que je peux les exprimer grâce au piano enseigné par mon père.

Elle regardait Simon au travers de ses larmes, elle n'avait pas honte devant lui, elle ne regrettait pas d'avoir dit une vérité que personne ne connaissait ici excepté sa tante. Il s'était tourné vers elle, il avait tendu ses bras vers ses épaules, elle l'arrêta :

– Non, Monsieur, s'il vous plaît.

Elle voyait bien sa volonté de la consoler, peut-être de la serrer contre lui, à cette pensée elle ressentit la force du désir qu'elle avait de cette tendresse, en même temps elle prit conscience qu'elle serait incapable de résister à son étreinte, que son corps réclamerait davantage que cette marque d'affection, elle ne pouvait lui avouer qu'aucun homme ne l'avait touchée depuis deux ans, elle se contenta de cette phrase énigmatique :

– C'est encore trop tôt, Monsieur.

Simon ne pouvait saisir le sens de cet aveu, les femmes sont mystérieuses parfois pensa-t-il. Avant de voir Aïcha s'effacer dans la pénombre du palier de l'escalier, il réalisa qu'elle portait la robe à rayures rouges que Judith avait laissée avec quelques autres vêtements dans la chambre d'amis.

En se levant pour éteindre le lampadaire, il remarqua sur le piano une page arrachée à un cahier d'écolier, une première ligne était écrite en caractères arabes, l'autre phrase au dessous était la transposition de celles écrites sur ses tableaux

Mon nom est Dounia, je suis morte à un an
tuée par un chauffard ivre.

Simon regarda la feuille fixement un long moment sans oser la toucher, les paroles de Aïcha lui revinrent en mémoire « vos petites phrases, elles parlent à tout le monde, à moi aussi »

Oui, elle avait ajouté cela, la preuve était là, il était hébété, toute force en lui l'abandonnait, il dut s'asseoir sur le tabouret. Ce qui était jusqu'alors abstrait dans la conception de ses écritures devenait tout à coup une chose concrète, terrible, capable d'apporter la douleur du souvenir, c'était évident avec Aïcha, il eut envie de descendre, d'aller frapper à la porte de la chambre d'amis, de s'excuser pour le mal, pour cette douleur qui la faisait trembler tout à l'heure, il n'eut pas le courage, il prit la feuille du bout des doigts pour l'emporter dans sa chambre, il alluma la bougie posée sur le secrétaire et plaça l'extrémité de la feuille sur la flamme.

Il regarda celle-ci grignoter petit à petit les deux phrases, cela jusqu'à ce que les derniers résidus noirâtres de la mémoire douloureuse inscrite au crayon aient volé dans l'air pour se poser en désordre sur l'abattant ouvert.

Il se coucha alors avec la certitude que son idée n'était pas folle, pas folle du tout.

Il devait détruire ses tableaux, il savait maintenant comment.

Toute la nuit le vent avait poussé les petits nuages aux délicates nuances grises les uns contre les autres, certains avaient éclaté, déversant une pluie fine et volatile. Au petit matin, le soleil était réapparu. En prenant son café Simon imagina la mise en application de l'idée qui s'était imposée à lui la veille avant de s'endormir. Pour cela, faire une caisse ajourée lui semblait la solution la plus facile: quelques planches de coffrage en vingt centimètres de large, brutes de sciage feraient bien l'affaire, il n'était pas nécessaire qu'elles soient traitées compte tenu de l'usage final, il calcula mentalement que trois longueurs de quatre mètres seraient suffisantes. Il sortit le Nissan Pick Up du garage, réalisa qu'il n'avait pas payé Aïcha la veille.

Sur la console en haut de l'escalier il glissa dans une enveloppe deux billets au lieu d'un seul convenu, il hésita sur les termes appropriés à ajouter, merci était trop impersonnel tout seul, y ajouter bisous créait une intimité qu'il souhaitait et redoutait à la fois, qu'elle jugerait certainement excessive, alors il écrivit sur l'enveloppe « merci Aïcha pour ton assistance efficace, aussi pour ta confiance en moi, je serais heureux que tu viennes me voir ».

Il fit les seize kilomètres qui le séparaient du centre régional du bois, il choisit avec soin ses planches, il les fit couper en quatre longueurs de un mètre et les fixa avec des sangles sur le plateau arrière. En rentrant il se mit de suite au travail, il alla chercher ses outils, il cloua les planches en laissant un espace régulier entre elles, ce fut facile et plus rapide qu'il avait pensé, cela faisait une belle caisse, il lui restait encore à aller chercher ses tableaux. Il s'arrêta sur le seuil, c'était vrai ce qu'elle avait dit, la lumière du jour donnait au salon un aspect inachevé et triste avec ses murs nus, le faisant ressembler à ces pièces impersonnelles des maisons louées à la belle saison par certains propriétaires.

Dans l'entrée, sur la console, l'enveloppe était au même endroit, Aïcha y avait ajouté au crayon
«je reviens» et en caractères plus gros «avec plaisir».

Simon ne pouvait détacher ses yeux de ces mots dont l'écriture légère lui semblait spontanée, il y voyait un signe encourageant de plaisir partagé. Il n'avait cessé de penser toute la matinée aux divers événements de la veille, à cette fascination que Aïcha exerçait sur les personnes, sur les invités, sur Lawrence, mais aussi sur lui se rendait-il compte, pas seulement à cause de sa beauté et de son aisance, elle l'avait intrigué avec ses réactions, ses phrases indignées, certaines inachevées lourdes de sous-entendus, de mystère prometteur. Ses mots tout simples griffonnés sur le dos d'une enveloppe lui apportaient une petite étincelle d'espoir d'un bonheur éteint depuis de longs mois.

A midi quarante cinq les bureaux étaient fermés, il était inutile de téléphoner avant deux heures, un frugal repas dans la cuisine ferait l'affaire, une omelette aux pommes de terre par exemple arrosée d'un Saumur-Champigny serait parfaite. Il alluma la petite radio Bose mise en mémoire sur Radio classique, le final d'un quatuor de Beethoven prit possession de l'espace. Simon se frotta les mains de satisfaction, cette journée lui plaisait grâce aux petits mots de Aïcha et à cette musique de chambre. Il prépara le nécessaire pour son repas, le beurre commençait à frémir dans la poêle, le présentateur de musique accueillait celle qui venait donner les informations de treize heures.

La première tomba comme la foudre :

– Nous venons d'apprendre que l'otage britannique David H* a été exécuté hier par les djihadistes, la nouvelle est confirmée par le département de la...

Simon n'entendit pas la suite, il jura tout haut :

– Quelle bande d'ord...

Il ne termina pas sa phrase, des pas résonnaient sur les tomettes du salon, Aïcha fut là tout à coup devant lui, vêtue d'une djellaba fuchsia au plastron brodé de fils dorés, ses longs cheveux défrisés ondulaient souplement sur ses épaules, des mocassins noirs à petits talons dépassaient du tissu souple :

– Cela sent bon chez vous, je peux m'inviter ?

C'était un semblant de question qui sonnait comme une évidence. Simon, ébahi, n'eut pas le temps de répondre, elle était déjà dans la cuisine , ouvrait les placards et mettait les couverts sur le plateau de la grande table de ferme, elle cassa les œufs sur les pommes de terre :

– C'est prêt, ah! pardon, j'allais oublier.

Elle sortit, revint avec une bouteille de champagne

– Aujourd'hui c'est mon anniversaire , j'ai eu dix huit ans tout à l'heure, je suis devenue une grande fille depuis vingt minutes.

Elle ajouta sans baisser les yeux :

– Voilà, tout m'est permis maintenant.

La manière dont elle avait regardé Simon en disant cela laissait présager un futur ambigu et troublant, il se sentait intimidé comme cela ne lui était pas arrivé depuis des années devant une femme. Le bouchon de la bouteille résistait, enfin il céda, la mousse se répandit moitié dans les verres, moitié sur la table, ils éclatèrent de rire comme deux enfants heureux, debout face à face, ils se dévisageaient, n'osaient prendre l'initiative de faire le premier pas vers l'autre :

– Alors, un très bon anniversaire Aïcha.

La main de Simon tremblait en levant son verre.

– Ai-je le droit de t'embrasser pour ce grand changement dans ta vie...ou c'est encore trop tôt ?

Elle éclata de rire, elle se laissa glisser dans ses bras, la musique avait succédé aux informations, Mozart se faisait complice de leur étreinte. La tête blottie dans le cou de Simon, une chaleur nouvelle prit possession d'elle, de tout son corps, la faisant frissonner telle une fleur à peine éclose dans la brise matinale, ses lèvres devenaient avides, pourtant se refusaient, elle lui demanda de s'asseoir :

– S'il te plaît Simon.

Elle l'avait tutoyé, cela était venu naturellement, elle voulait lui expliquer la raison de cette peur terrible de l'inconnu qu'elle ne pouvait maîtriser, lui raconter ce qui s'était passé avec l'étudiant marocain à Marrakech.

L'interphone sonna :

– Tu peux m'ouvrir !

Sur l'écran on voyait Lawrence monter la rampe d'accès à pied, son Hasselblad en bandoulière, le sac avec les objectifs à l'épaule, Simon furieux s'était détaché de Aïcha en maugréant :

– Ce n'est pas le moment tu ne trouves pas ?

Elle avait souri :

– Nous avons notre temps, rien ne sert de courir.

Décidément cette femme le surprendrait toujours, comme le faisait son ami aujourd'hui, il n'était jamais venu sans avoir téléphoné au préalable. Il se dit que Lawrence pourrait photographier ses tableaux avant que ceux-ci soient mis en caisse pour leur destination finale, en même temps il trouvait étrange l'attitude de Lawrence, sa manière de s'arrêter devant la caisse, de regarder longuement autour de lui sur le parking, comme s'il s'attendait à voir quelqu'un.

Simon se remémora alors la scène de la veille, la fascination de son ami pour Aïcha, ses paroles à son sujet, il était clair qu'il voulait en avoir le cœur net, savoir si elle était là, si elle avait passé la nuit avec son ami, et pour cela le meilleur moyen était d'arriver sans avoir prévenu. Cette évidence fit sourire Simon.

Dans l'entrée Lawrence expliqua avoir vu le Pick Up et avait préféré laisser sa voiture en bas.

Il regardait les tableaux posés au sol :

– Je comprends maintenant ta caisse en bas, où vas-tu faire ton exposition ?

Simon sourit intérieurement, c'était la plus curieuse exposition qu'un peintre puisse faire, il expliquerait plus tard :

– Tu manges un morceau avec nous ?

Il poussa Lawrence vers la cuisine, vers la révélation du motif de sa visite. Aïcha était là, debout, souveraine dans sa djellaba fuchsia, elle tourna la tête, lui sourit en feignant la surprise :

– Ah ! c'est vous !

Sidéré par sa beauté radieuse, par sa jeunesse, mais aussi par ce qui devenait une évidence à ses yeux, Lawrence sentait monter en lui un sentiment de dépit. Son côté professionnel reprit vite le dessus, il ouvrit son Hasselblad, allongea le bras gauche, la main levée :

– Un peu à droite s'il vous plaît... au fait quel est votre prénom, Aïcha, très joli, ne bougez plus.

Elle était maintenant devant le pan du mur avec la reproduction encadrée du printemps de Botticelli, il trouvait le tableau, particulièrement les fleurs sur la robe de Flore, en parfait accord avec les broderies dorées de l'élégante djellaba.

Il fit plusieurs prises de vue puis s'assit l'œil contre le boîtier, tourna des boutons, éloigna la tête.

42

Cela dura un long moment, les autres n'existaient plus, enfin il se releva, il regardait Aïcha fixement :

– Je vais faire de toi la reine des podiums.

Il semblait excité, ils demandèrent à voir les photos.

– Non, non, attendez, je dois les retoucher, les faire imprimer, après vous verrez.

Il leur expliqua tout en partageant leur omelette :

– Je vais prendre demain rendez vous avec des agences, c'est certain, on ne va pas tarder à recevoir plusieurs convocations pour des castings, nous devrons aller à Paris, disait-il en s'adressant à Aïcha :

– Peut-être même à l'étranger, cela dépend des photographes de mode, certains sont très capricieux.

Il portait la nourriture à la bouche d'une manière machinale, son verre était vidé rapidement, aussi vite rempli par lui-même car chez Simon il était chez lui, enfin il se calma :

– Au fait, où fais-tu ton exposition ?

C'était délicat de dévoiler sans ménagement une vérité déroutante après les perspectives heureuses énoncées par Lawrence, Simon s'adressa à lui :

– Quand nous sommes allés à Bali, il y a dix ans environ, nous avons eu la chance d'assister à une cérémonie particulière, c'était un spectacle incroyable pour nous, cette profusion de dons colorés que les proches jetaient avec joie sur le corps du défunt.

Lawrence connaissait très bien son ami, il avait compris, il le regardait effaré :

– Tu es encore plus fou que je croyais.

Aïcha ne savait pas ce qu'était une crémation :

– Ça veut dire quoi vos souvenirs et cette réflexion ?

Il expliqua que ses tableaux, les derniers avec les petites écritures, apportaient la douleur, qu'il ne voulait pas cela, pour cette raison il avait décidé de les brûler, ou de les faire incinérer.

Aïcha s'était levée brusquement, elle était furieuse :

– Vous n'avez pas le droit Simon.

Elle avait retrouvé le vouvoiement.

– Et pourquoi n'aurais-je pas le droit, Mademoiselle, vous pouvez m'expliquer ?

Sa voix ne tremblait pas :

– Oui, Monsieur, un tableau achevé n'appartient plus au peintre, il fait alors partie du domaine public.

Il y eut un grand silence, les deux hommes assis regardaient ce visage encore enfantin dont la bouche délivrait avec assurance des idées catégoriques sur l'art. Lawrence réalisait avec un certain pincement au cœur les affinités qui liaient son ami à cette fille-femme. Simon regrettait ne pas être seul avec elle, de ne pouvoir la prendre dans ses bras, de la calmer, de ne pouvoir lui dire tout bas au creux de l'oreille ce qu'il énonça tout haut :

– Admettons, Mademoiselle, mais vous ne pensez pas qu'un tableau non signé n'est pas achevé ?

La question méritait d'être discutée, elle se rassit, une deuxième bouteille fut ouverte, les avis furent divers, certaines signatures détruisaient l'équilibre pictural du tableau à cause de leur longueur ou du coloris noir utilisé, mais les initiales ne signifiaient rien pour les non initiés, juste là pour pouvoir préciser sur un catalogue - signé en bas ou à droite - alors pourquoi ne pas le faire au verso, et puis ajoutait Aïcha :

– Lorsque l'œuvre est si personnelle que son auteur est de suite identifié, à quoi bon une signature, c'est le cas pour votre peinture, Simon.

Lawrence était d'accord sur ce point, il s'excusa, il devait rentrer pour faire des retouches sur l'ordinateur avant les tirages au labo, il espérait que Simon allait renoncer à sa folle idée, il rassembla son matériel :

– Merci, ne vous dérangez pas, je connais le chemin, à bientôt.

Sur l'écran de l'interphone, on voyait Lawrence descendre en courant. Ses appareils photo ballottaient autour de lui :

– Tu crois à ce qu'il a dit pour moi

Elle n'attendit pas la réponse de Simon, elle demanda si la raison évoquée pour brûler ses tableaux était véridique.

– Quand j'ai trouvé ton petit papier sur le piano, j'ai réalisé le mal que mes tableaux pouvaient faire, pardonne-moi Aïcha pour cela, alors oui, l'idée venue au cours de la soirée s'est imposée à moi.

Elle vint s'asseoir sur ses genoux,

– Tu es un ange Simon, un ange un peu fou c'est vrai, écoute, une idée m'est venue, elle est moins radicale que la tienne.

Elle lui expliqua, lui donna ses raisons, il fut assez vite convaincu et accepta sa proposition :

– Je vais me changer en bas, on se retrouve à la voiture si tu veux bien.

Elle avait enfilé un jean délavé sans trous, un tee shirt blanc mettait en valeur ses petits seins, ses cheveux étaient serrés derrière la nuque par une large barrette façon écaille. Elle était très désirable, il la prit dans ses bras, elle l'écarta gentiment, il fallait charger les tableaux, cela fut fait en deux allers-retours, la caisse fut mise de côté, cela ferait du bois pour la cheminée, il lui ouvrit la portière, le Pick Up prit la direction de La Galère, ils y furent en une demie-heure. C'était là, au bord de la route de la corniche, que son idée devait se concrétiser. Une zone délimitée était réservée au dépôt des objets encombrants, on les nommait ainsi, des meubles, des appareils ménagers, des matelas, des télévisions, tout un amas hétéroclite d'objets dont certains faisaient le bonheur de personnes douées pour le bricolage.

Ils descendirent les tableaux, Simon les adossa au mur du fond, alignés les uns derrière les autres, ils étaient bien visibles du bord de la route. Il restait quatre jours avant l'enlèvement prévu par les services municipaux, la circulation était intense sur la corniche, seule route du bord de mer sur de longs kilomètres, il semblait évident que les tableaux allaient vite faire le bonheur de certains :

– Au lieu d'être détruits, ils vont vivre leur vie quelque part, disait-elle avec enthousiasme, mais lui :

– Peut-être, mais les petits textes seront toujours là, terribles, pour leur rappeler la mort des innocents.

– Peut-être certains les effaceront en mettant de la peinture dessus ou en les grattant, elle ajouta, il restera quand même la qualité picturale de ces grandes taches colorées bien équilibrées, à leur place dans le cadre, tu ne peux pas détruire cela Simon.

Il était quinze heures, la lumière était pure sur la mer, ils empruntèrent la petite route sans issue surplombant la corniche, au bout de celle-ci on pouvait voir en contrebas les tableaux à côté d'une télévision posée en biais. Assise sur la banquette très près de Simon, Aïcha avait posé la tête sur son épaule, ils avaient un peu le soleil dans les yeux, cela ne les gênait pas pour voir passer les voitures. Simon n'avait plus qu'un désir, celui d'embrasser Aïcha.

Il avança la tête, elle posa son index tendu sur ses lèvres :

– Ce soir s'il te plaît.

Il ne comprenait pas, pourquoi attendre, pourquoi toujours reporter ce délicieux instant de première reconnaissance intime, alors que son trouble semblait perceptible, lui laissait supposer qu'elle attendait aussi ce geste, il fut surpris par ses mots :

– J'ai peur Simon,

Et comme il se tournait vers elle, les yeux interrogateurs,

– Je n'ai jamais embrassé un homme sur la bouche, cela m'a été imposé mais je n'ai pas participé.

Elle se mit à trembler, se détourna de lui :

– C'était trop horrible quand il m'a traînée derrière un buisson pour me faire l'amour, j'avais quinze ans, j'étais vierge, je ne savais pas ce qu'est l'amour, je le trouvais agréable, seulement quelques caresses avec lui m'avaient émue jusqu'à ce jour terrible. C'est de ce rapport qu'est née ma petite Dounia.

Elle se mit à sangloter, ajouta que depuis ce jour elle n'avait plus souhaité des relations sexuelles, même si sa chair réclamait son droit au plaisir :

– Pardonne-moi Simon pour toutes ces confidences désagréables, je devais te le dire parce que hier, lorsque tu as embrassé ma main, j'ai ressenti une grande émotion, j'ai alors compris que c'était toi que j'attendais, que tu saurais être patient avec moi, comme tu l'es déjà.

Elle ajouta à voix basse :

– J'attends tout de toi, cela me fait peur.

Simon bouleversé ne trouvait pas les mots, il amorça le geste de la prendre dans ses bras, renonça, posa tendrement sa main sur la joue de Aïcha :

– N'aie pas peur ma petite.

Il trouvait ses paroles stupides, c'était celles d'un père à sa fille, cela aurait pu être le cas avec leur vingt ans de différence.

Heureusement une grosse berline en bas sur la corniche créa une diversion, elle s'arrêta, un homme corpulent en sortit, un gros cigare entre les dents, il resta un court moment devant le premier tableau, le souleva à hauteur de ses yeux, l'éloigna, puis le reposa. Le cigare oscillait comme s'il le mâchonnait, il fit les mêmes gestes avec les autres tableaux, cinq en tout réalisa à cet instant Simon, cinq et non pas six, il prit les jumelles dans la boîte à gants, ajusta, vérifia :

– Tiens, regarde, Aïcha, on a oublié un tableau à la maison.

Elle ne répondit pas. L'homme chargea le premier tableau sur le siège arrière, une autre voiture s'arrêta, l'inconnu au cigare se dirigea rapidement vers les autres tableaux comme s'il craignait qu'on les lui prenne, il les rangea un à un avec précaution contre le premier dans sa voiture.

Simon avait repris les jumelles, il tentait en vain de lire les numéros d'immatriculation, la plaque était cachée par un branchage de pin maritime en bas, seul l'écusson de la Bentley était visible. Aïcha applaudissait, sautait de joie sur le siège du 4x4 :

– Tu vois, je te l'avais dit, tes tableaux vont être accrochés chez un gros plein de sous, attends, laisse moi imaginer, deux dans l'entrée, deux au salon, un dans la chambre des maîtres.

Elle riait, Simon la regardait, c'était vraiment une merveilleuse enfant.

– Et si on allait au restaurant pour fêter ton anniversaire ?

Elle avait cessé ses petits sauts:

– Au restaurant !

Son visage avait pris une expression songeuse, l'idée la surprenait, oui, elle savait que cela se faisait pour de telles occasions, mais dans sa famille au Maroc, on fêtait cela à la maison avec ses parents. Plus tard au lycée Victor Hugo, elle se souvenait avoir bu quelques jus de fruit avec des copines à la cafétéria, c'était avant…elle chassa les souvenirs affligeants :

– Oui d'accord.

Il avait choisi un petit restaurant de plage, l'un des rares encore ouvert à cette date. En cette fin de semaine ensoleillée, la plage avait attiré les gens de la région et quelques touristes de fin de saison. Il était tôt, Simon proposa un aller-retour jusqu'au phare, Aïcha s'était accroupie pour enlever ses ballerines, elle prenait le sable dans ses mains rassemblées en forme de coupe et le laissait couler lentement en écartant les paumes, elle fit cela plusieurs fois avec une telle application que Simon n'existait plus, elle était redevenue l'enfant solitaire jouant au pied d'un ksar dans le désert à Tagounite, elle ne remarqua pas la petite fille aux boucles brunes qui avait quitté la main de sa maman pour venir regarder le sable couler en minces filets avant de faire sur le sol un minuscule tas pointu.

Elle semblait fascinée par les gestes lents de cette belle dame à la peau mate, et lorsque celle-ci, relevant la tête, prit conscience de sa présence, elle lui sourit, lui fit signe de mettre ses petites mains en coquille, y versa une poignée de sable chaud :

– Comment t'appelles-tu ?

Elle ne répondait pas, sa maman s'impatientait :

– Tu viens Sandrine, on y va.

Aïcha la regarda s'éloigner, la petite se retourna, elle agita la main dans sa direction :

– Au revoir Madame, c'était bien avec vous.

Simon vit deux perles miroiter au soleil dans les yeux de Aïcha avant de rouler sur ses joues, il lui tendit la main, ils marchèrent en silence le long de la plage jusqu'au phare tout au bout de la digue.

Au retour, ils décidèrent de faire un petit jogging, Aïcha prit de l'avance, sa chevelure bleu-nuit resplendissait dans le soleil couchant, volait dans la lumière avant de retomber sur ses reins, Simon voyait des visages se tourner vers elle à son passage, elle stoppa près des premières tables posées sur le sable, elle lui tendit les bras, l'inquiétude se lisait sur son visage :

– Tu sais, c'est la première fois le restaurant, donne-moi la main.

Une table tout au bord de la plage restait libre.

Ils s'assirent face à la mer en rapprochant leurs chaises. Aïcha pointait le doigt droit devant elle :

    – C'est là-bas tout au fond, mon pays ?

    – Oui, quelque part.

Il ne savait quoi ajouter, il avait trop peur de raviver ses souvenirs de là-bas. Une jeune serveuse arrivait le plateau à la main, Aïcha se leva :

    – Je n'ai pas faim Simon, partons.

En voiture elle fixait la route en silence, elle lui demanda seulement de s'arrêter chez sa tante, cela ne dura pas longtemps, quand elle ressortit de la maison Simon vit un rideau s'écarter, l'ombre d'un visage émacié s'effaça derrière la vitre, Aïcha s'était retournée mais le rideau était déjà retombé, elle ne fit aucun commentaire en remontant en voiture. Simon ignora qu'elle avait informé sa vieille tante qu'elle dormirait chez l'artiste ce soir.

Sa tête aux paupières baissées et les cheveux encore humides en savant désordre sur l'oreiller dépassent du drap que Aïcha a déployé sur elle, le coton de satin blanc est si fin qu'il épouse chaque parcelle de son corps immobile. C'est cette vision de belle endormie que Simon découvre en la rejoignant dans la chambre d'amis. Il reste un moment interdit, s'étonnant qu'elle n'ouvrit pas les yeux, trouvant cette offrande de statue momifiée ingénue et excitante. Son émotion est grande, jusqu'au dernier moment elle était restée réservée, évasive, et maintenant elle est là, le corps abandonné offert à son bon vouloir, ses lèvres closes gardent pudiquement l'ultime consentement :

– Fais de moi ce que tu veux, n'oublie pas que je suis fragile, encore innocente des gestes qui, dit-on, enflamment les chairs.

Simon s'assoit au pied du lit, prend le drap entre ses doigts, le tire lentement vers lui, mettant ainsi à nu, petit à petit, les bras fins posés en croix, les longues mains aux paumes ouvertes vers le plafond, le creux des aisselles, les petits seins aux mamelons ombrés, le pubis couleur terre de sienne brûlée, les longues cuisses serrées l'une contre l'autre.

Le soleil se dérobait à l'horizon, le corps nu de Aïcha resplendissait, Simon est fasciné par cette peau mate voilée de lumière crépusculaire,

– Ma déesse des sables, dit-il à voix émue,

Il humecte ses lèvres du bout de la langue, les pose au niveau de la cheville droite, remonte le long de la jambe, lentement jusqu'au pubis qu'il effleure, suit la douce courbe du ventre, s'arrête sur les mamelons tendus vers ses lèvres humides et savantes, la peau frémit légèrement telle une jeune fleur dans la brise, il remonte alors jusqu'à la commissure de ses lèvres en attente, elles s'offrent, s'étonnent de tant de douceur, puis tout à coup sont avides, les langues se mêlent, elle devient une femme qui désire pour la première fois un homme, la griserie est dans sa chair, l'impatience du feu fait battre ses longs cils, elle appelle en silence la main qui redescend vers sa toison. Les doigts pénètrent sa chair royale qui se rend et s'offre ensuite à la bouche miraculeuse qui s'active, la saveur de son amour est alors sur la langue de Simon, elle a l'odeur des algues séchées dans le creux des rochers, le corps de Aïcha se tend, les paumes se sont retournées, ses doigts griffent le tissu fin des draps, elle murmure :

– aji..aji, il ignore que cela veut dire *viens..viens.*

Tel un oiseau de proie il couvre pourtant sa chair fastueuse, son corps devient la corde sensible sous l'archet, le membre fier prend sa place au bord puis au fond, les nuages dérivent, la mer se déchaîne, le sel chaud coule entre leurs lèvres, le sable crisse, le plaisir l'inonde, la plainte douce au début comme une mélopée tout à coup s'intensifie, elle éclate en mille morceaux précieux, Aïcha a sa première révélation de femme charnelle, soumise, épanouie.

Plus tard, au plus intime de cette nuit nouvelle, leurs bras s'enlacent, l'odeur d'amour erre dans les draps, Simon lui murmure des mots fous, elle laisse sa main encore innocente flotter sur son sexe, le sang se met à battre à fleur de peau, l'attente est à nouveau très forte sur leurs chairs, son désir renaît tel une flamme d'abord oscillante, puis raide et souveraine, alors elle revient, elle implore, elle s'empale et c'est ainsi une partie de la nuit jusqu'à l'aube naissante.

Elle s'assoupit enfin, il ne peut s'empêcher de regarder longuement la pureté de ce visage enfantin, des mots tendres, silencieux, lui viennent en bouche.

Plus tard encore, la sonnerie du téléphone avait retenti lointaine en haut dans le salon.

La voix de Simon était claire au début « désolé, laissez votre numéro » puis des intonations calmes mais devenant impatientes au bout de trois ou quatre appels percèrent le silence du matin, il était dix heures passées, Aïcha se dégagea doucement, se leva et prit l'escalier. Debout devant l'appareil dont les lumières clignotaient, elle hésitait, ne connaissant rien à tous ces boutons, elle souleva le combiné, la voix de Lawrence fut là de suite, il hurlait :

– Bon Dieu, Simon, qu'est ce que tu fous, tu ne peux pas répondre, nous sommes convoqués à Paris ce soir à 18 heures à l'agence Aliteac pour une présentation de Aïcha à la collaboratrice du grand couturier Carl Olag, nous devons prendre l'avion de 15h05.

Le claquement sec qui suivit la fit sursauter, elle se mit à trembler d'une manière incontrôlable, peut-être se disait-elle à cause de la fatigue de cette nuit sans sommeil, ou de sa nudité, ou bien de toutes ces nouveautés dans sa vie, tout cela si imprévu, si rapide. Ce fut dans un état second, sans savoir pourquoi, elle prit derrière le buffet le tableau qu'elle y avait caché la veille, elle l'accrocha au clou à droite de la cheminée, en passant elle y alluma les bûchettes préparées, elle ressentit le besoin de s'asseoir sur la petite banquette en bambou, celle où Simon avait pris sa main pour y déposer un baiser si doux, si tendre.

Les flammes commençaient à gagner les bûches plus grosses, elle allongea les jambes en les écartant légèrement, elle aimait cette douce chaleur qui progressait vers son sexe, le dossier en bambou lui sciait un peu le dos mais elle éprouvait un bien-être de tout le corps.

Elle ne pouvait détacher ses yeux du tableau, seul sur l'immensité des murs nus, révélant de ce fait toute son intensité, cette densité des couleurs transparentes, l'acra magenta léger qui virait partiellement au rouge sang, cette inscription qui jouxtait le noir profond, ce texte écrit si petit, si tremblant, presque caché, comme si Simon avait mesuré, lui-même effrayé, la portée de ce terrible message d'actualité, elle frissonna, repensa au visage radieux de Simon cette nuit après l'amour, comment pouvait-il porter en lui des sentiments si contradictoires, s'inquiéta, et si notre bonheur lui ôtait le désir de cette vision créatrice si dramatique.

Elle se leva pour aller écouter à nouveau le message de Lawrence, c'était si mystérieux pour elle.

Bien sûr à Marrakech elle avait feuilleté des catalogues qui montraient des vêtements portés par des jolies filles, aussi des magazines avec des mannequins défilant devant des personnes endimanchées.

La phrase de Lawrence lui revint alors en mémoire « ma petite, je vais faire de toi la reine des podiums ». Était-ce possible que cela se réalise ou bien n'était-ce qu'un subterfuge pour l'entraîner dans son lit, tout cela lui semblait si étrange, ce rendez-vous si urgent, et puis cette éventuelle séparation de Simon alors qu'elle avait un désir fou de rester toute la journée dans ses bras.

Il fallait aussi qu'elle aille voir sa tante, lui apporter à manger, déposer un bisou sur sa joue fanée, surtout la rassurer, téléphoner aux propriétaires qui l'attendaient pour le ménage, récupérer l'argent pour acheter la nourriture et les médicaments pour sa tante, toutes ces réflexions se bousculaient dans sa tête.

Simon fut là tout à coup, en haut de l'escalier, il était nu, ses yeux bleus naviguaient de Aïcha au tableau puis au feu dans la cheminée, il était hirsute :

– Vous vous promenez toujours tout nu, Monsieur ?
dit-elle en riant.

Il vint la prendre dans ses bras :

– Que se passe t-il ?

Pendant qu'il écoutait le message de son ami, Aïcha chercha rapidement les robes de chambre, la blanche pour lui, pour elle la robe à rayures rouges de Judith. Quand elle remonta, Simon avait branché le haut parleur, la voix de Lawrence trahissait son excitation :

– Enfin, où étais-tu ?

Mais sans attendre la réponse :

– Tu le sais, j'ai des rapports privilégiés avec l'agence, je leur ai trouvé l'an passé un modèle devenu très célèbre qui leur rapporte beaucoup d'argent, je savais que demain, dernier délai, ils doivent proposer à Carl Olag un mannequin pour son nouveau parfum. Ils m'ont téléphoné hier, aucune des filles présentées ne correspond à l'image que Carl Olag se fait de la future et coûteuse publicité prévue avant Noël dans tous les magasines de mode français et étrangers, je leur ai scanné les photos de Aïcha, c'est incroyable, ils m'ont donné rendez-vous de suite, voilà, je prends Aïcha à 13h30, nous rentrerons par l'avion de 23h15, les billets sont réservés, alors mon vieux, c'est super n'est-ce pas, j'espère que tu es fier de ton ami, à tout à l'heure.

Le déclic mit fin au monologue, Lawrence avait raccroché. Simon et Aïcha se regardèrent :

– Ça, alors, c'est un peu fort.

Ils décidèrent de passer se laver les dents puis de prendre le café pour parler de tout ça, c'était un peu fort, vraiment. Aïcha refusa de suivre Simon dans sa salle de bain, il fallait traverser sa chambre, et cela elle ne le souhaitait pas, pour deux raisons, sur le bureau était posé un cadre de style avec la photo d'un couple qui ne pouvait être que les parents de Simon, tant il ressemblait à la femme souriante qui se tournait amoureusement vers son mari au visage barbu, la tête coiffée de la kippa juive.

Dans sa famille berbère musulmane, jamais un mot haineux contre les juifs n'avait été prononcé, mais pourtant elle époussetait vite le cadre sans s'attarder sur les visages. Mais aussi, en faisant le ménage dans cette chambre, elle avait l'impression de commettre une indiscrétion, même si Simon lui avait dit que sa femme vivait ailleurs.

Chaque semaine, elle s'arrêtait devant le cadre posé sur la table de chevet, la femme blonde qui la regardait était très belle et distinguée, elle lui trouvait une douceur si angélique qu'elle soulevait le cadre avec précaution pour essuyer la poussière sur le plateau en frêne.

Maintenant que cela s'était fait avec Simon, elle serait gênée de se trouver face à la photo, face au regard si doux de cette femme.

Ce n'était pas le moment d'expliquer tout cela à Simon, elle descendit dans la salle de bains d'amis, s'attarda à dénouer ses cheveux, trouva en remontant le petit déjeuner prêt. Elle versa le café et vint s'asseoir sur les genoux de Simon :

– Tu sais, je n'ai pas envie de partir, je veux rester
avec toi, et puis mon passeport est chez ma tante.

Simon avait fait le point en préparant les toasts, il lui posa le doigt sur la bouche :

– Du calme, Mademoiselle, je mets la nourriture pour ta tante dans la voiture, nous prendrons ton passeport, ce ne serait pas raisonnable de laisser passer une occasion pareille, va te préparer, il nous reste deux heures, n'oublie pas ta djellaba et tes escarpins, il y a une valise dans la penderie en bas.

Ce mot qu'elle n'avait jamais imaginé pouvoir dire à un homme lui vint tout naturellement aux lèvres :

– Mon chéri.

Elle lui présenta sa tante, une petite femme timide, déjà ridée, ne parlant que quelques mots français. Aïcha lui parla un long moment, l'inquiétude se lisait sur le visage de la vieille femme au fur et à mesure des explications, elle chercha dans la pièce à côté le passeport de sa nièce, lui donna avec hésitation, avec réprobation pensa Simon.

Quand ils remontèrent en voiture, la tante resta sur le seuil à regarder Aïcha comme si elle la voyait pour la dernière fois, elle essuya ses yeux d'un revers de main. Elle se retourna et rentra sans un geste du bras.

Aïcha tendit son passeport ouvert à Simon. La photo un peu floue était celle d'une belle enfant aux boucles frisées, la date de naissance lui sauta alors aux yeux

-8 septembre 1998-

Il fit un rapide calcul, se tourna vers elle, les doigts crispés sur le volant :

– Oui je t'ai menti mon chéri, je n'ai que 17 ans mais j'avais tellement peur hier que tu me repousses...tu me pardonnes ?

Et de suite effrayée par le visage détourné d'elle :

– Dis moi que tu me pardonnes, s'il te plaît.

Simon démarra sans un mot. Quand il fut sur la ligne droite, après les virages, il posa avec délicatesse sa main sur la cuisse de Aïcha.

Lawrence fut en avance de dix minutes, monta jusqu'au parking avec sa Lancia. Simon apporta la valise, expliqua ce qu'elle contenait pour pouvoir se changer si cela était nécessaire, oui, le passeport y était aussi. Lorsque Aïcha les rejoignit Lawrence laissa sa phrase en suspens, il était fasciné, cela était évident, puis ses gestes devinrent excessifs, peut-être pensait-il à l'argent qu'il allait gagner comme imprésario grâce à la beauté de Aïcha. Simon, embarrassé, hésitait sur les gestes d'au revoir à faire face à son ami, Aïcha se jeta dans ses bras en lui tendant ses lèvres :

– A ce soir mon chéri.

Elle s'attardait contre lui, Lawrence trépignait, expliquait qu'il valait mieux être en avance, on ne sait jamais avec les embouteillages.

Simon ouvrit la portière, se pencha vers elle :

– Sois bien sage ma chérie, je te surveille de loin.

Le moteur tournait, les vitres furent baissées, les mains s'agitèrent jusqu'à la disparition de la voiture dans le lointain du boulevard, là haut sur la corniche. Simon resta un long moment sur place, désorienté, le parfum sucré des lèvres de Aïcha flottait encore sur les siennes. Il décida d'aller s'asseoir sur la terrasse, face à la mer, il ressentait le désir, le besoin de revivre au calme tous ces événements qui avaient bousculé sa vie en si peu de temps, la soirée, la Bentley, Aïcha, Lawrence, encore Aïcha, encore et encore elle.

Des mouettes se poursuivaient en fendant l'air du côté du port, leur vol était un ballet aérien, reposant, ponctué de quelques cris rauques. Simon s'assoupit, des images floues défilaient derrière ses paupières lourdes. Aïcha était assise sur la plate-forme du Nissan dont le volet arrière avait été baissé, ses mollets se balançaient dans le vide, elle criait des mots qu'il ne comprenait pas, lui faisait des grands gestes avant de disparaître dans un chemin sombre d'une forêt de sapins.

Hans-Dieter von Back gara sa Bentley devant la porte du hall d'entrée de sa résidence secondaire. Il demanda au gardien de porter les tableaux dans sa bibliothèque :

– Avec précaution, Mike, c'est très fragile, mettez le grand chevalet du salon à côté des tableaux, après vous pouvez rentrer la voiture au garage, vérifiez la pression des pneus et les niveaux, merci Mike, je pars demain matin.

En passant il déposa son panama Stetson à l'une des patères dorées du vestibule, déboutonna le gilet fantaisie qu'il portait en toutes occasions, s'attarda devant le miroir vénitien des toilettes avec un sourire de satisfaction, non pas pour son aspect physique qu'il détestait mais pour cette découverte incroyable faîte au beau milieu de tous ces objets hétéroclites, il marmonnait à mi-voix dans sa barbe :

– Tu as beaucoup de chance mon bonhomme.

Il était impatient de vérifier le bien fondé de sa première impression, il posa un tableau sur le chevalet et s'assit dans son fauteuil bergère. La dominante de l'œuvre était un gris neutre léger, vaporeux comme un nuage de fumée troué par un trait noir vigoureux dont l'extrémité orange rougeâtre faisait vibrer une masse noire rectangulaire éclatée en plusieurs morceaux. Entre deux de ceux-ci était collé un tissu léger sous lequel était écrit :

Bonjour, je lisais le message de ma fiancée, n'oublie pas que tes parents viennent dîner ce soir, ne rentre pas trop tard mon chéri, si tu peux.

Mon nom est Ronald D*, je suis mort fracassé à 20 ans à New York le 11 septembre 2001.

Les quatre tableaux suivants parlaient de la même manière de drames récents, plus actuels, odieux, aussi insoutenables, qui pourtant n'étaient pas représentés sur la toile. Hans-Dieter von Back se mit à frissonner devant ces hommes qui le saluaient puis s'adressaient à lui personnellement pour lui raconter à la première personne leur propre mort, cela d'une manière détachée, objective, parlant au présent comme s'ils étaient revenus devant lui, ombres atrocement mutilées et pourtant si vivantes. Depuis l'ouverture de sa première galerie il y avait trente deux ans, Hans-Dieter von Back avait eu entre les mains des milliers

68

d'œuvres, figuratives ou abstraites, il avait eu très souvent des moments de bonheur intense, de jubilation même, mais jamais une telle émotion charnelle, épidermique, ne l'avait assailli d'une manière aussi forte. Il tourna le chevalet et décrocha le téléphone :

– Bonjour Anna, passez-moi Peter, allô, bonjour Peter, vous allez bien, super, écoutez, vous enlevez tous les tableaux exposés, vous les mettez dans la réserve, vous videz la galerie, oui, vous avez bien compris, non, ne me posez pas de questions, je m'arrête demain à la villa Cortine, je serai là dimanche vers quinze heures, non, rien de grave, bien au contraire... je l'espère.

Emily, la femme du gardien, avait dressé la table sous la tonnelle qui surplombait la crique, elle avait sorti la vaisselle en porcelaine de Saxe aux motifs délicats de feuillages entrelacés, les verres en cristal de Bohème, le bougeoir filiforme si fin qu'elle avait peur de le voir se renverser lorsque le mistral se levait, elle avait entendu son patron expliquer que c'était une pièce rare sculptée par le frère de..un nom italien, Giaco quelque chose disait-elle. Elle le portait comme une relique qu'elle coiffait d'une bougie neuve à chaque repas, c'était une règle, comme celle d'habiller la table de deux nappes blanches, la supérieure plus petite posée en biais.

Ce cérémonial devait être exécuté en toutes circonstances, même si son patron mangeait seul.

Ce soir là, elle avait reçu instruction de mettre deux couverts, dont l'un devait être agrémenté d'une rose coupée dans le parc, elle était curieuse de voir laquelle de ces belles demoiselles était invitée, elle était étonnée, le patron ne lui avait pas demandé de préparer la chambre Aphrodite. La jeune dame arriva en taxi, son tailleur noir très strict mettait en valeur ses cheveux blonds coupés court. Hans-Dieter lui offrit la rose qu'elle glissa dans l'échancrure de sa veste, ils prirent la direction du salon et s'y enfermèrent.

Emily était intriguée, sa curiosité la poussa dans le couloir, elle s'arrêtait devant la porte fermée, elle tendait l'oreille, les entendait parler allemand sans rien comprendre à ce qu'ils disaient, cela dura une demi-heure environ.

Lorsqu'elle perçut le bruit des chaises sur le dallage, elle regagna d'un pas vif sa place à côté de la table sous la tonnelle. Elle leur servit les assiettes de saumon fumé et la bouteille de Pouilly-Fuissé, son patron lui dit qu'elle pouvait disposer.

De loin elle constata avec surprise qu'aucun geste tendre ne fut échangé entre eux.

A vingt trois heures le taxi vint chercher la dame. Emily ne sut jamais ce qu'ils s'étaient dit.

Pendant le trajet jusqu'à l'aéroport, Lawrence se concentra sur la conduite rendue difficile à cause de la circulation intense, surtout après Mougins, il s'interdisait de tourner la tête vers sa passagère et restait silencieux, Aïcha pensait à Simon, à sa découverte du plaisir donné par un homme, à cette délicieuse révélation de sa frémissante sexualité de femme amoureuse, un sourire délicat se posait sur ses lèvres. Le parking de l'aéroport était assez vide, l'enregistrement sans bagages fut vite passé, dans la salle d'embarquement plusieurs sièges étaient libres mais Lawrence resta debout, il pouvait enfin regarder Aïcha, elle portait le même corsage et la même jupe noire qu'à la soirée, aussi le collier berbère dont le petit médaillon qui reposait entre la naissance de ses seins.

Placé le dos aux baies vitrées Lawrence avait une vue globale de la salle, il pouvait mesurer la fascination que Aïcha exerçait sur les passagers, des visages étonnés se tournaient, des regards s'appesantissaient, un homme changea de siège pour mieux la voir, une petite fille avec une sucette dans la bouche s'approcha d'elle et lui sourit.

Ils embarquèrent avec dix minutes de retard, Lawrence lui laissa la place de hublot, elle lui dit avoir volé une seule fois, de Marrakech à Nice, elle lui avoua avoir peur, se mit à trembler lors du décollage, c'était une bonne occasion de prendre sa main pour la rassurer, pensa Lawrence, elle la retira d'un geste brusque avec un mouvement de repli de tout le corps. Quand l'avion atteignit l'altitude de croisière, que les moteurs se mirent à ronronner, Lawrence lui parla avec force détails de leur rendez-vous, des locaux luxueux de l'agence, des membres recruteurs, de l'importance des premiers moments décisifs de sa présentation, de l'attitude qu'elle devait garder :

– Naturelle, tu comprends Aïcha,

Il tourna la tête, elle avait les yeux fermés, elle dormait.

Lorsque les roues se posèrent sur la piste, elle se réveilla en sursaut, Lawrence se penchait :

– On est arrivés ma petite, on est à Paris.

Le nom magique était prononcé, celui que les enfants du désert saharien entendaient parfois dans la bouche des roumis, elle s'impatientait de la lenteur de sortie de l'appareil, elle marqua un temps d'arrêt en haut de la passerelle, ce n'était que les bâtiments de l'aéroport mais c'était déjà Paris.

Dans le taxi elle collait son front à la vitre, le chauffeur pestait à cause des embouteillages, elle était ravie de pouvoir dévorer des yeux les façades, les commerces, la foule, parfois la flèche lointaine d'une église par dessus les toits, derrière les feuillages déjà clairsemés de ce premier vendredi d'automne. Ils étaient en avance pour l'heure du rendez vous, Lawrence pria le chauffeur de faire quelques détours pour qu'elle puisse voir les tours de la nouvelle bibliothèque, aussi la façade sud de l'Institut du monde arabe avec ses deux cent quarante moucharabiehs, Aïcha était surprise par les connaissances précises de Lawrence sur cette fondation.

Le taxi les déposa Quai de Montebello, elle hésitait à suivre Lawrence dans la cage en bois foncé, cachée derrière une grille à l'ancienne, sa mise en mouvement bruyante et sa très lente ascension jusqu'au dernier étage la rendaient inquiète, cela se voyait.

Sur le palier, juste en face de l'ascenseur, on pouvait lire sur une plaque ovale en laiton ALITEAC.

Une grande fille souriante leur ouvrit :

– Bonjour Monsieur Lawrence, Mademoiselle.

Elle les fit asseoir dans un salon en retrait, à demi caché par une cloison ajourée.

Lawrence profita de ces instants d'attente pour rappeler à Aïcha les règles essentielles, ne jamais contredire, rester naturelle, affirmer être libre de toute attache:

– Tu comprends Aïcha ?

Elle le regarda, interdite, en fronçant les sourcils, la grande fille souriante était à nouveau devant eux :

– On vous attend.

La double porte fut ouverte, Aïcha respira pleins poumons, avança d'un pas décidé, resta clouée sur place, la façade sud de Notre-Dame de Paris resplendissait en contrebas derrière la baie vitrée.

Elle oublia où elle était, ce pourquoi elle y était, elle redevint en une fraction de seconde la petite fille berbère qui sortait en courant de chez elle pour regarder les couchers de soleil sur l'Atlas, elle fit ce que les cinq assis derrière la grande table n'avaient jamais vu dans leur carrière. Elle traversa la pièce, contourna le fauteuil Emmanuel qui trônait en son milieu et vint coller son corps contre la vitre, les bras levés, les paumes à plat avec les doigts minces écartés sur le verre.

74

Elle restait sans bouger, fascinée par le spectacle du monument éclairé par les projecteurs.

Lawrence se leva, effrayé par le comportement de sa protégée, un homme se détacha de la table, il avait un Polaroïd entre les mains, il se plaça à côté du fauteuil, le flash brilla, l'instantané sortait lentement, l'homme regardait la photo bouche bée, on l'entendit dire :

- Incroyable puis Fabuleux.

Ses mots étaient couverts par ceux de Aïcha qui s'était retournée, l'air un peu hagard :

– Oh, pardonnez-moi, excusez-moi, c'est si beau.

Elle se sentit embarrassée, réalisait l'incongruité de son geste, ne savait plus que faire, l'homme la photographiait encore, une voix féminine lui enjoignit de s'asseoir dans le fauteuil, c'est seulement alors qu'elle découvrit les cinq personnes attablées face à elle, dans la pénombre.

Toute une mise en scène avait été pensée pour que les candidats soient en pleine lumière, le jury était assis au fond de la pièce, un grand paravent Coromandel à fond noir faisait écran avec la baie vitrée, les spots du plafond diffusaient une lumière tamisée.

La femme placée au centre annonça être Inès, la responsable de l'agence, Chloé était le bras droit du couturier Carl Olag, Jean-Paul était son adjoint, Andy était le photographe, Daphné la styliste.

– Certainement notre ami Lawrence vous a informé que notre démarche est inhabituelle tout comme votre numéro, bravo, c'était réussi comme entrée en matière.

Aïcha secoua la tête :

– Pardon Madame, je suis née dans le désert saharien, j'y ai vécu toute mon enfance, je l'ai quitté pour la première fois il y a trois mois, vous pouvez imaginez mon émerveillement en entrant, rien n'était prémédité Madame, c'est vrai.

Inès était capable de discerner le vrai du faux, elle sut d'instinct que cette fille était sincère, elle éprouva une certaine admiration pour sa spontanéité, s'étonna que dans le désert on parla aussi bien notre langue :

– Mon papa fut professeur de français à Zagora puis à la faculté de Marrakech, c'est là que j'ai débuté mes études sur l'histoire de l'art.

Inès fit glisser la photo Polaroïd sur la table :

– La future historienne d'art peut certainement nous donner son avis.

Aïcha prit la photo, la regarda très longuement en penchant la tête et s'adressa à eux, impatients :

– C'est une véritable découverte pour moi car je ne me souviens de rien excepté mon émerveillement devant la cathédrale et le fleuve scintillant, je peux seulement imaginer le réflexe professionnel de Monsieur qui se lève rapidement, trouve pourtant dans l'urgence la bonne position de l'appareil pour saisir ce gros insecte plaqué à la vitre comme s'il voulait aller se poser sur les tours illuminées de Notre-Dame visibles un peu floues à côté de ma main droite aux doigts écartés comme des griffes, tout ça d'une précision anatomique presque inquiétante, c'est un instantané très rare dont Monsieur peut être fier.

Il y eut un silence, Lawrence voyait bien les visages ébahis du comité, Inès se tourna vers Andy :

– Vous voyez mon cher, j'ai bien fait de vous faire entrer dans notre équipe, nous pourrions demander à mademoiselle si elle a une opinion sur la mise en place d'une stratégie innovante pour notre nouveau parfum car vous savez que vous êtes pressentie, j'insiste bien, pressentie, pour la publicité du nouveau parfum de Carl Olag.

Jean-Paul se leva, déclara que cette demande lui semblait ne pas avoir de sens :

– Vous le savez bien Inès, nous avons tous travaillé en professionnels des journées entières sur le sujet.

La voix de Inès l'interrompit :

– Jean-Paul, c'est la première fois qu'une candidate donne un avis pertinent sur le travail de Andy, laissons la parler, venez mademoiselle.

Sur le mur du fond, des pages publicitaires de parfums étaient épinglées. Le n° 5 de Coco Chanel figurait en tête de liste. En prolongement, sur des tablettes en verre, une quarantaine de flacons s'alignaient. Sur un panneau un peu à l'écart, des photographies publicitaires de plages des caraïbes avec leurs palmiers s'inclinant majestueusement vers des sables blancs côtoyaient plusieurs esquisses au lavis et des dessins au fusain ou à la mine de plomb de différents flacons.

Aïcha se déplaçait lentement devant chaque image, elle s'attarda devant les travaux de dessin, une fois assise elle demanda quelles seraient les spécificités du nouveau parfum.

– Épicé, sensuel, source d'évasion
répondit Chloé.

Andy faisait à nouveau des prises de vue avec un Nikon, seul le claquement sec du diaphragme venait rompre la rumeur feutrée de la circulation qui montait maintenant du boulevard.

La voix douce et claire de Aïcha s'éleva :

– Permettez moi de parler du Maroc parce que dans mon pays toutes les caractéristiques de votre parfum sont réunies. « Épicé » avez-vous dit, alors si vous êtes allés à Marrakech dans les souks, certainement la vue et les odeurs de ces matières vieilles de plusieurs millénaires vous ont rappelé que les arabes furent très longtemps les intermédiaires entre l'Orient et l'Occident, les symphonies de couleurs de ces épices exposées à profusion vous sont certainement restées en mémoire. « Sensuel » avez-vous dit, alors si vous avez assisté à des danses folkloriques chaabi vous serez d'accord avec moi, les mouvements lascifs du bassin de ces dames suggèrent la volupté magnifiée par le rythme lancinant des derboukas.

Aïcha marqua une pose, les cinq étaient subjugués par son langage recherché, pourtant naturel, par ce visage halé, immaculé, aux yeux si vastes que tout le désert saharien s'y reflétait, aussi par les lèvres subtilement ourlées, d'une sensualité si candide lorsqu'elles étaient closes, devenant troublantes par ces évocations qui les emportaient désorientés dans un autre monde. Lawrence suggéra que Aïcha aille revêtir un vêtement typique de son pays.

Cela lui permettait de recueillir les appréciations du comité, il fut félicité, on lui demanda comment il avait trouvé cette petite perle, quel âge elle avait, elle faisait si jeune et pourtant si instruite, il fut bien obligé d'avouer qu'il ne connaissait rien d'elle, l'avait rencontré pour la première fois dans une soirée chez des amis, rien ne fut dit de leur décision mais les phrases restèrent tout à coup en suspens.

Aïcha était sur le pas de la porte, resplendissante dans sa djellaba fuchsia :

« Source d'évasion » avez-vous dit.

Elle se tourna vers les panneaux contre le mur :

– Les clichés montrent que vous avez déjà pensé à des destinations qui font rêver tout le monde. Nous autres marocains sommes très fiers de notre pays qui, vous le savez, attire aussi de plus en plus d'étrangers, les villes royales bien sûr, mais aussi le désert présaharien riche de casbahs en pisé, plus ou moins à l'abandon mais gardant entre leurs murs tout leur mystère. La Kasbah d'Aït-Ben-Haddou est l'une des plus belles illustrations de l'architecture de notre civilisation berbère, elle est de terre ocre et rose, bâtie sur une colline au pied de laquelle une oasis verdoyante fait contraste et au loin se profilent les sommets du Haut Atlas.

Elle s'était échauffée en parlant de son pays.

Les cinq restaient figés, muets, de toute leur vie professionnelle ils n'avaient jamais vécu une telle expérience:

– Vous pouvez vous promener dans les ruelles qui ont gardé toute leur authenticité, certaines maisons datent du XVII ème siècle, les murailles d'enceinte s'ornent de tours, le soleil couchant sur le ksar est un moment inoubliable, le film Lawrence d'Arabie y a été tourné, j'y verrai bien des prises de vue inhabituelles pour votre nouveau parfum.

Il y eut un moment de silence, un claquement sec la fit se retourner, un écran géant descendait du plafond juste derrière elle. Jean-Paul lui demanda l'orthographe de ce village, il pianota sur son ordinateur, le rétro-projecteur envoya plusieurs images côte à côte du ksar, toutes plus évocatrices les unes que les autres.

Aïcha s'était levée, elle regardait fascinée le défilement des vues agrandies de sa terre natale, de son pays où elle avait vécu des jours heureux avec ses parents, où elle s'était réfugiée pendant sa grossesse, elle en frissonna. Daphné vint déplacer le fauteuil Emmanuel, anachronique devant ces paysages, Andy lui demanda de rester immobile devant une vue rapprochée des murs en pisé, le visage tourné vers lui.

Le Nikon fonctionna en rafales.

– Mademoiselle, nous avons oublié de demander votre prénom.. Aïcha.. cela vous va à merveille, votre exposé était superbe, je pense qu'il pourrait devenir déterminant, pouvez vous attendre à côté dans le salon d'accueil.

Ils regardèrent les dernières photographies faîtes par Andy, celles où Aïcha était saisie dans un mouvement gracieux devant les murs rougeâtres au soleil couchant. Chloé pria Andy de les envoyer par mail à Carl avec ces mots simples qui ménageraient sa susceptibilité :

– Bonsoir Carl, que pensez-vous de cela ?

La réponse fut immédiate :

– Rendez-vous demain à 9 h.

Aïcha avait été rappelée, Inès lui annonçait:

– J'ai une très bonne nouvelle Aïcha, Carl Olag veut vous voir demain à 9 h, félicitations, c'est la première fois qu'il se décide aussi rapidement, je vous ai fait réserver deux chambres à l'hôtel Notre Dame Saint Michel, un bel hôtel de charme décoré par notre ami Christian*.

Un soupçon de pâleur s'était glissé sur ses traits, elle secouait la tête de gauche à droite.

Simon si proche en pensée lorsqu'elle attendait seule à côté dans le salon, devenait tout à coup inaccessible, cela lui échappa :

– Mais ce n'est pas possible Madame, on m'attend..

Elle regarda Lawrence, il fronçait les sourcils.

– Excusez-moi Madame, ma tante est âgée, je ne peux pas la prévenir, elle n'a pas le téléphone.

– Je vais appeler un ami, dit Lawrence, il ira lui donner l'information.

La question était réglée, les cinq étaient rassurés parce qu'on ne discutait jamais les décisions de Carl Olag. Aïcha tourna la tête pour dissimuler ses yeux humides, elle oublia de remercier, fit remarquer qu'elle n'avait rien prévu pour cela, pas de vêtement de rechange, pas d'objets de toilette.

La grande fille souriante fut appelée, l'emmena dans l'appartement sur le même palier, l'une des pièces était le studio de photos, l'autre recelait une multitude de vêtements que les mannequins changeaient selon les nécessités des prises de vue :

– Voilà, mademoiselle, choisissez ce qui vous plaît.

Aïcha regardait toutes ces robes, jupes, corsages, la plupart de grands couturiers, elle ne pouvait se décider, la grande fille lui tendit un tailleur noir de Nina Ricci :

– Qu'en pensez-vous, essayez le, le miroir est là, oh ! oui, mademoiselle, vous avez une classe terrible, la petite échancrure met bien en valeur la pureté de votre visage, attendez, je vous trouve des escarpins noirs, superbe, pardon d'oser vous dire cela, j'habille des centaines de filles, vous avez je ne sais quoi de plus, vous êtes très belle.

A son retour à l'agence, Daphné la styliste la félicita pour son choix, il était tard, tout le monde se salua. Chloé garda la main de Aïcha un moment dans la sienne, elle ne put s'empêcher de déposer un baiser furtif sur sa joue, elle était perplexe, c'était nouveau pour elle ce désir d'embrasser une femme.

Aïcha devenait impatiente, ils récupérèrent leurs valises, dans l'ascenseur elle avoua que cela ne lui plaisait pas du tout, elle voulait téléphoner à Simon mais avait oublié son portable, de surcroît elle ignorait son numéro, Lawrence la calma :

– Tu prendras le mien quand nous serons au restaurant.

Il hésitait entre les deux sur le boulevard à côté de l'agence, le Comme Chai Toi, décontracté, et La Bouteille d'Or, plus sélect.

Il choisit le second, en partie à cause du tailleur Nina Ricci, elle était si belle, tout près de lui dans l'espace restreint de la cage d'ascenseur.

Elle était aussi si lointaine.

Hans-Dieter von Back conduisait lentement, il avait mal dormi à cause de ses projets en tête pour bien présenter les cinq tableaux dans sa galerie, heureusement les camions étaient interdits de circulation en Italie le week-end, ce qui rendait la conduite plus aisée, il prit comme d'habitude avant Gênes la direction de Tortona, Piacenza, Brescia, puis quitta l'autoroute pour se rendre à la Villa Cortine à Sirmione, il y faisait halte à chaque voyage entre son château en Bavière et sa résidence secondaire près de Cannes. Ce palace lui convenait, déjà la grande grille en arc de cercle avec le portail d'accueil ouvrant sur les cyprès majestueux du parc lui faisait oublier la monotonie du voyage, il était accueilli avec honneur et discrétion, on savait que son père Wolfgang von Back était ami des anciens propriétaires de l'hôtel, la famille von Koseritz.

Une corbeille de fruits fut déposée sur la table du balcon, accompagnée d'une bouteille de prosecco dans un seau à glace :

– On vous sert maintenant Monsieur von Back ?

– Non merci.

Une jeune femme apporta un bouquet de lys blancs, ses fleurs devenues favorites pour leur aspect, mais aussi pour leur symbolisme et la stylisation qui en avait été faîte en étoile juive à six branches. Après s'être longuement douché, c'est en peignoir qu'il s'assit sur le balcon et se servit un verre de prosecco, la vue sur le parc et le lac de Garde lui procuraient toujours la même sensation de grande quiétude.

Il allongea ses longues jambes de quinquagénaire devenues nerveuses à cause du voyage, le ponton de l'hôtel avançant en proue sur le lac faisait tache au milieu des scintillements de l'eau, le soleil couchant l'éblouissait un peu, il ferma les yeux, les cinq tableaux furent présents derrière ses paupières lourdes de fatigue, il ne pouvait se débarrasser d'eux, il les imaginait dans sa galerie transformée pour l'occasion, la vision fugitive qu'il en eut le fit se lever effrayé :

– Tu deviens fou mon bonhomme.

Il s'habilla, descendit marcher dans le parc, fit une pause devant le bassin aux nénuphars. Il se fit servir un cocktail sous le kiosque au bord de la piscine.

Les cyprès encadraient les montagnes bleutées de la rive ouest derrière la surface argentée du lac, une très grande sérénité se dégageait des lieux, sans libérer son esprit, il n'arrivait pas à comprendre ce qui le poussait à mettre en péril sa vie d'homme riche, connu en Allemagne par ses émissions de télévision, ayant du succès auprès des femmes. Il fit un détour par la façade néoclassique aux colonnes cerclées pour gagner le restaurant au décor élégant, trouva son agneau aux fines lamelles de truffe noire insipide, se montra moins courtois que d'habitude, le maître d'hôtel fut surpris mais resta très professionnel :

– Je suis navré Monsieur, que puis-je vous offrir à la place ?

– Rien, merci, faîtes renouveler la glace du seau sur mon balcon, bonsoir Luigi.

La vieille ville et les rives du lac brillaient de mille feux, le spectacle était grandiose, Hans-Dieter termina sa bouteille de prosecco.

Derrière ses paupières lourdes, une partie de son passé défila dans le silence de la nuit étoilée. Son père était né en 1910 dans une famille noble, respectée, riche de ses activités dans la sidérurgie, c'était un homme très énergique, un peu distant.

Hans-Dieter ne se souvenait pas avoir été pris sur ses genoux, il y repensait souvent avec tristesse.

Sa famille fut touchée de plein fouet après la seconde guerre mondiale par la mise sous contrôle américain des usines susceptibles de fabriquer de l'armement, son père s'était alors reconverti dans le bâtiment et avait acquis une immense fortune en participant à la reconstruction de l'Allemagne, spécialement des monuments culturels dont le théâtre Cuvillies à Munich. Il acheta pour son fils une galerie de tableaux en centre ville et au bord d'un lac à quelques kilomètres un terrain de douze hectares, sur lequel fut construit un petit château somptueux de style rococo.

En 1985, à la mort de son père, Hans-Dieter devint l'héritier unique du patrimoine familial, sa passion pour les arts l'aida à faire de la galerie un lieu à succès, fréquenté par des collectionneurs, des personnalités politiques et de télévision, on le voyait souvent au bras de jeunes femmes qui laissaient très vite la place à d'autres, puis les magazines peoples le montrèrent régulièrement avec Karin Weismuler, la très jolie speakerine de la télévision Bayerisher Rundfunk, la vente avec profit de trois tableaux de Max Beckmann le décida à faire construire une galerie contemporaine au bord du lac à côté du château.

Les esquisses dessinées par lui furent confiées à un architecte ami qui avait assez d'entrées aux services de l'urbanisme pour faire passer le projet révolutionnaire à l'époque pour la région. Un parallélépipède était entièrement vitré sur trois côtés, le quatrième mur en béton était totalement couvert par des miroirs en arc de cercle qui venaient s'y adosser et reflétaient la façade nord du château rococo située à quatre mètres, l'effet de contraste était saisissant. A l'intérieur du parallélépipède, en retrait de six mètres des façades vitrées, un cube en béton dissimulait les vestiaires, les toilettes, la réserve pour les œuvres en attente, les murs peints en blanc permettaient d'y accrocher les tableaux, ainsi visibles de l'extérieur.

L'accès à l'étage se faisait par un escalier métallique hélicoïdal placé dans l'angle, l'étage était relié au château par une passerelle couverte qui s'enfonçait dans les miroirs. Elle reposait côté maison sur un large balcon baroque rococo orné d'une Nana bleue de Niki de Saint Phalle, à l'opposé une autre passerelle étroite posée sur des colonnes en béton filait jusqu'au lac.

L'ensemble architectural avait fait l'objet de nombreux reportages dans la presse et lors des journaux télévisés du soir. Le week-end des centaines de curieux faisaient le déplacement.

Les bateaux sur le lac marquaient une pause, le nom Musée von Back grésillait dans les hauts parleurs.

L'idée de faire une émission télévision fut suggérée par la petite speakerine, le projet de réaliser celle-ci à l'étage de la galerie fut avancé par lui, elle fut acceptée avec enthousiasme par le directeur des programmes.

C'était pour la chaîne de télévision une belle opportunité de se démarquer des concurrentes, c'était pour Hans-Dieter von Back une superbe opération de marketing. Son idée innovatrice pour l'époque fut d'interviewer, après le journal télévisé du soir, des personnalités en vue du monde artistique, des vedettes de la chanson, des musiciens classiques, des chefs d'orchestre, des sportifs de haut niveau.

Un sofa de type oriental, recouvert d'un velours pourpre tenu par des clous dorés, faisait face à un fauteuil coquille en résine noire dans lequel trônait Hans-Dieter en costume blanc agrémenté d'un gilet fleuri, il était toujours coiffé d'un panama blanc. L'invité était assis dans le sofa et subissait l'interrogatoire malicieux de Hans-Dieter, des questions subtiles sur ses préférences, sur les anecdotes marquantes de sa vie, parfois un peu personnelles mais jamais indiscrètes. Des chaises placées dans le fond derrière le sofa accueillaient sous une lumière tamisée une trentaine de spectateurs. Plusieurs puissants spots extérieurs éclairaient les arbres.

L'émission «das Sofa » avait eu un succès inespéré, elle obtint tous les mardis pendant deux ans un taux record d'audition.

La fraîcheur de la nuit le fit sortir de sa torpeur, il se demanda quel démon le poussait à vouloir faire une telle exposition, se trouva stupide de prendre des risques en provoquant le monde musulman avec des tableaux d'un inconnu, de mettre en péril l'empire que sa famille avait mis des décennies à construire, dont il était le dépositaire.

Sa nuit fut agitée, il quitta tôt le palace, rattrapa l'autoroute à Affi, passa le col du Brenner sous une pluie fine, à 15 h il garait sa Bentley devant la galerie, Peter fut là de suite, il lui demanda de mettre les tableaux à l'intérieur sans les déballer :

– Je prends une douche et je vous rejoins.

Elle refusa d'abord, Lawrence ne comprenait pas pourquoi, il insistait :

– Voyons Aïcha, tu ne peux te coucher sans avoir rien mangé.

Elle avait très faim, elle fit ce qu'elle avait refusé à Simon, elle le suivit dans le restaurant. A leur entrée plusieurs têtes se tournèrent, des phrases restaient en suspens, des couverts s'immobilisaient. Lawrence demanda une table près d'une fenêtre, au fond de la salle, elle pourrait voir Notre-Dame.

Assis à côté d'elle, il savourait les regards appuyés, interrogateurs, était fier que les gens puissent imaginer que.. sa fierté avait un goût amer.

Aïcha tournait la carte d'un air perdu, il lui suggéra de l'agneau :

– C'est une viande que vous connaissez bien au Maroc, dit-il stupidement.

Elle était d'accord, il commanda deux gigots en croûte accompagnés de flageolets et choisit une bouteille de Château Fleur Cardinale, elle tourna plusieurs fois la tête vers la cathédrale illuminée :

– Lawrence, j'ai été stupide tout à l'heure à l'agence

C'était la première fois qu'elle l'appelait par son prénom, il en fut ému, avança la main pour la rassurer, se souvint de sa réaction dans l'avion, il renonça :

– Mais non Aïcha, ils ont été agréablement surpris.

Les plats étaient servis, il la regardait dévorer son agneau, elle portait la nourriture à la bouche d'une manière élégante qui l'avait déjà frappé chez Simon, elle faisait honneur au Saint-Emilion cru classé, il la questionna sur le Sahara, sur les ksars, évita des questions personnelles, elle l'interrompit tout à coup :

– J'ai oublié d'appeler Simon.

Il lui tendit son portable, le reprit :

– Je fais le numéro.

Elle prit l'appareil, sa voix devint une mélodie de tendresse. Il se leva, fit semblant de regarder les gravures à l'écart, en réalité il ne voyait rien, l'affliction le rongeait. La conversation dura longtemps :

– Simon va bien ?

– Oui,oui, il vous salue.

Ils parlèrent encore un moment de Carl Olag :

– Je suis fatiguée, Lawrence.

L'hôtel était à deux pas, à cinq minutes de marche au bout du quai, Aïcha avait une certaine difficulté à marcher avec les escarpins prêtés, Lawrence lui proposa en plaisantant son bras, elle le prit, son cœur se mit à battre plus vite, les passants qu'ils croisaient regardaient avec sympathie et admiration ce beau couple, Aïcha voulut s'arrêter un moment devant le square Viviani, elle trouvait cette verdure reposante. Lawrence lui parla du robinier, l'arbre centenaire le plus vieux de Paris, de la fontaine en bronze du sculpteur Georges Jeanclos, dédié à la mémoire des enfants juifs du quartier morts en déportation, de l'église St Julien le Pauvre qui jouxtait le square de l'autre côté.

Aïcha avait quitté son bras, elle s'était tournée et le regardait, elle le dévisageait, surprise par l'étendue de ses connaissances, il n'était plus seulement l'ami de Simon, celui qui allait peut-être lui ouvrir les portes du milieu de la mode, il devenait celui qu'elle écoutait avec intérêt. Il en fut bouleversé, bafouilla quelques mots, se reprit, lui expliqua que l'église avait été reconstruite au XIIème siècle par les soins de l'Abbaye de Longpont sur Orge :

— L'an passé, des représentations en anglais de Macbeth y ont été données, précédées d'un interlude musical de jazz, j'ai eu la chance de pouvoir y venir.

Aïcha avait repris son bras, un sentiment de bonheur accompagna les pas de Lawrence jusqu'à l'hôtel, dans l'escalier qui menait à la réception, il la précéda, les deux valises à la main.

Un sac Aliteac sur le comptoir d'accueil fut remis par le veilleur de nuit. Il contenait une trousse de voyage, une robe rouge, des sous vêtements féminins et un flacon d'une eau de toilette connue de Carl Olag.
Une carte de visite de Chloé était posée sur l'ensemble.
L'écriture au stylo était élégante, artistique.

Bonsoir Aïcha,
La senteur de l'eau est délicate, elle devrait vous convenir. Carl sera ravi de la sentir sur vous j'en suis persuadée, nous devons parler demain du nom et du flacon du futur parfum, passez une bonne nuit.

Simon était resté perplexe un long moment devant le tableau que Aïcha avait caché et accroché à nouveau dans le salon, celui-là était composé dans sa partie basse de deux taches brunes granitées comme de la terre fraîche, sur chacune était écrite en majuscules la lettre K, au dessus une multitude de taches diversement colorées étaient bien alignées côte à côte comme des silhouettes filiformes de Giacometti, au dessus, un ruban de tissu était collé sur une partie de la largeur du tableau, Simon se dit que peut-être Aïcha n'avait pas vu qu'on pouvait soulever le tissu pour lire le titre, mis par lui à la première personne du pluriel, du roman de Boris Vian : ...irons ...sur vos tombes.

Il décrocha le tableau, se réfugia dans son atelier. Il sortit des étagères métalliques son travail de l'an passé, celui avant sa période des petites écritures, il sélectionna cinq tableaux de la série peinte dans des nuances de bleu et de vert, alla les accrocher dans le salon, réalisa que cela faisait environ six mois qu'il ne les avait plus regardés. Des traits incisifs circulaient entre des masses colorées qui pouvaient suggérer des rochers, un bout de ciel, le cours d'un ruisseau, des paysages de nulle part, qu'il appelait "quelque part ailleurs" ils étaient pour lui une invitation à des promenades sans fin, imaginaires, poétiques, il avait souvent l'amer sentiment d'être seul à ressentir ce besoin d'évasion exprimé par des espaces abstraits, il pensa, Aïcha sera certainement heureuse de retrouver le salon habité.

Il prit un sécateur, coupa quelques branches fleuries du bougainvillier, en fit un grand bouquet qu'il posa sur la console de l'entrée, voilà tout était prêt pour ce soir, pour l'arrivée de Aïcha. Il lui restait encore trois longues heures à attendre,

Le téléphone sonna, c'était Déborah, elle lui demanda s'il avait des nouvelles, elle avait appelé Lawrence sans succès, elle en profita pour lui annoncer avoir pris un verre avec Judith. Elle n'allait pas bien, s'était séparée de son nouveau compagnon du moment.

– Cela reste entre nous Simon, j'ai l'impression qu'elle est encore amoureuse de toi, si, si, tu seras un éternel séducteur mon cher, Lawrence m'a laissé entendre que la petite et toi… je te comprends, elle est superbe, à la manière dont il m'a dit cela, je crois que lui aussi en pince un peu pour elle, je le connais bien.

Le téléphone sonna une seconde fois, sa voix douce, limpide, fut là contre son oreille, elle coulait dans tout son corps, y faisait naître une chaleur bienfaisante :

– Alors raconte ma chérie, pardon... tu ne peux pas rentrer ce soir... tu me fais marcher... mais où es-tu ?

– Au restaurant avec Lawrence

– Et ensuite ?

– A l'hôtel…

Elle avait oublié le nom :

– Mais rassure-toi mon Simon, l'agence a réservé deux chambres.

Elle fit un résumé de l'incroyable séance de la soirée, du rendez vous demain matin à 9h :

– C'était impossible d'être à Paris à cette heure là, tu comprends ?

Sa voix était devenue triste :

– Si tu savais mon chéri quelle impatience j'ai d'être dans tes bras.

Hans-Dieter avait rejoint Peter dans la galerie. D'une nudité affligeante malgré le soleil resplendissant posé sur le lac immobile, sur les arbres tout autour, elle donnait cette triste impression dégagée par les locaux en location ou en vente, seuls deux canapés et une chaise faisaient la sieste devant une baie vitrée. Peter travaillait depuis huit ans avec Hans-Dieter, une réelle complicité s'était instaurée entre eux, il éprouvait une certaine fascination pour cet homme d'une incroyable érudition, dont la prestance ne laissait personne indifférent, Hans Dieter appréciait ce jeune homme dévoué, il aurait pu être le fils qu'il n'avait jamais eu, la qualité de son jugement instinctif le surprenait souvent. Il lui avait demandé de l'appeler simplement Hans, ils se vouvoyaient bien entendu.

Peter annonça les nouvelles de la veille, une lithographie de Miro à dominante jaune était réservée, on avait enregistré deux cent vingt entrées, les ventes de livres, affiches, s'élevaient à huit cents euros, il parlait vite, le regard tourné vers les tableaux emballés. Hans Dieter lui demanda en riant de bien vouloir attendre sagement à l'étage :

– Ne trichez pas Peter, ne vous penchez pas pour regarder, je vous appelle.

Les tableaux furent déballés par Hans-Dieter, il déplaça sur le mur face à l'entrée quelques tiges de suspension, actionna la commande centrale des stores, l'intérieur de la galerie devint invisible de l'extérieur.

Il suspendit les cinq tableaux côte à côte, séparés chacun par deux mètres environ, plaça un des canapés dans l'axe face à eux, s'y assis, il ôta son panama, le posa sur le coussin, des grosses gouttes de sueur perlaient sur son front :

– Maintenant vous pouvez venir Peter.

Celui-ci descendit rapidement, marqua un temps d'arrêt. Il allait d'un tableau à l'autre, il avait découvert les inscriptions en petits caractères, il se penchait, ajustait ses lunettes, reculait, revenait, retournait une seconde fois à l'un, puis encore à l'autre.

Il répéta plusieurs fois :

– Oh !! mein Got

Il s'immobilisa, son regard avait une concentration douloureuse, il semblait hébété :

– Qui est ce peintre?

Hans-Dieter lui demanda de s'asseoir à côté de lui, Peter chercha une chaise et se posa face à lui :

– Vous allez être surpris, Peter, je l'ignore.

Il raconta son incroyable découverte au bord de la route, précisa avoir fait venir Susie Ratlager à Cannes pour discuter avec elle des conséquences juridiques si un jour le peintre se manifestait, si on l'accusait de les avoir volé ou de ne pas avoir fait les recherches pour le retrouver :

– Tout ce que je vous dis est confidentiel Peter, personne ne doit être au courant, pas même Anna ni votre épouse.

Peter sidéré regardait son patron :

– Mais que comptez-vous faire de ces tableaux ?

Hans-Dieter von Back se redressa dans son sofa :

– Nous allons en faire l'exposition de la décennie mon cher, elle fera la une des informations.
Peter se leva sans un mot,

– J'ai besoin de réfléchir Hans, permettez-moi de vous quitter, je serai là demain matin à 9heures.

Hans-Dieter éteignit les lumières, fit descendre les grilles métalliques, ferma la galerie. Une fois rendu sur la pelouse il se retourna.

Le bâtiment vitré ressemblait à une immense cage ouvragée, le spot sur le balcon à côté projetait l'image de la statue bleue de Niki sur la façade en miroirs, cette mise en scène spectaculaire lui plaisait beaucoup, pourtant, curieusement, il se sentait impatient de faire les esquisses de transformation de la galerie.

Il prit un carnet Canson, plusieurs crayons et fusains, déverrouilla les portes donnant accès par la passerelle à l'étage de la galerie, son espace de travail comportait un bureau appelé le Lectori Salutem, une œuvre exceptionnelle aux courbes irréelles, composée de 165 pièces d'acier poli, la suspension nommée Virtue of Blue avec ses 500 papillons surmontait le nouvel iMac 27 pouces avec écran Retina 5K.

Il pianota Millares sur le clavier, plusieurs images saisissantes de précision s'affichèrent sur l'écran. Hans-Dieter s'était toujours interrogé sur les raisons pour lesquelles ce peintre espagnol, majeur selon lui, était moins connu que Tapiès, Saura ou Burri, il isola l'une des œuvres, un assemblage de fragments de tissus froissés noirs, cousus avec de la ficelle qui traversait en tous sens la toile déchirée, laissant apparaître par endroits l'ossature, le cadre en bois.

Cette œuvre représentait pour Hans-Dieter un symbole fort de l'Espagne noire qui s'était reconstruite de ses ruines.

Il se dit que peut-être les messages écrits sur les tableaux de ce peintre inconnu préfiguraient aussi les ruines de notre civilisation chrétienne.

Cette pensée le poursuivait depuis Cannes, il ressentait le besoin d'attirer l'attention sur ce danger, il fallait pour cela une manifestation exceptionnelle dont les médias parleraient.

Il contemplait le Millares, envisageait de tendre des toiles noires immenses assemblées par des cordages sur certaines parties des façades du château, cela pendant la période de l'exposition, la maison emmaillotée se réfléchissant sur les miroirs de la galerie serait du plus bel effet, il était onze heures passées, un message s'afficha

« Depuis tout à l'heure, Hans, je ne peux cesser de penser à votre projet, je n'ai pu dîner malgré l'insistance de ma femme, j'ai suivi vos instructions, j'ai affirmé ne pas avoir digéré et me suis retiré dans mon bureau pour vous faire part de ma perplexité. J'ai toujours admiré votre grande perspicacité, votre jugement d'homme sensé, tout le monde vous reconnaît ces qualités, je me demande aujourd'hui ce qui vous pousse à faire une telle exposition. Certes, les œuvres de cet inconnu apportent à l'art abstrait un caractère humain indéniable, au point que l'on peut se demander si le terme abstrait est juste car ces morts qui vous interpellent à la première personne dépassent la notion que les spécialistes se font en général de l'abstraction. Vous avez j'en suis persuadé, pensé aux conséquences graves qu'une telle mise en cause de certains musulmans extrémistes peut avoir pour votre galerie, au moment où elle se porte si bien. Peut-être vous voudrez bien m'expliquer demain.

Bien respectueusement vôtre. Peter »

Hans-Dieter se leva, il actionna les sécurités de la porte blindée vers la passerelle côté lac, avança jusqu'à son extrémité, la surface de l'eau était un miroir qui reflétait la lune perdue dans un ciel étoilé, deux silhouettes de barques de pêcheurs se profilaient au milieu du lac, quelques paroles lui parvenaient, indistinctes, des lumières sur la rive opposée scintillaient dans l'obscurité, Hans-Dieter était envoûté par cette sérénité nocturne, il s'interrogeait sur ses idées déraisonnables, pensait à cette question de Peter :

– Alors pourquoi ?

C'était comme si on pouvait demander

à Picasso, pourquoi Guernica ?

à Goya, pourquoi le soulèvement du 2 mai 1808 ?

à Zoltan Music, pourquoi nous ne sommes pas les derniers ?

à Marc Ash, pourquoi tous ensemble ?

à Christian Boltanski, pourquoi la petite mémoire ?

à Anselm Kiefer, pourquoi ses rails qui emportent des milliers de juifs que l'on ne voit pas mais sont pourtant l'expression cachée d'un symbole universel ?

Alors, pourquoi organiser cette exposition ?

Oserait-il répondre :

– Parce que c'est une nécessité, Peter.

Il se demanda s'il était en train de perdre la raison.

C'était la seconde fois qu'elle était à l'hôtel, la première fois remontait à quelques années lorsque son père avait été muté à Marrakech, elle avait neuf ans, ils avaient du s'arrêter à Ouarzazate à cause d'une tempête de sable, elle avait dormi dans la chambre de ses parents, mais la nouveauté et le bruit dans les chambres contiguës l'avait laissée éveillée une partie de la nuit. Dans l'ascenseur entre la réception et les étages, elle réalisa, elle allait être seule dans une chambre d'hôtel, une chambre inconnue, elle fut prise d'une peur sournoise, sur le palier Lawrence lui tendit la carte :

– Votre chambre est de ce côté, la première.

Elle tenait la carte entre ses mains tremblantes, elle ignorait comment l'utiliser, elle devint paniquée :

– Lawrence, accompagnez-moi, s'il vous plaît.

Il la regardait incrédule, serait-ce possible que...

– Montrez-moi comment ça marche, ensuite , promis, je vous laisse tranquille.

Il expliqua le fonctionnement, glissa la carte dans le boîtier, des lumières douces se posèrent sur un décor de mille et une nuits né du talent créatif de Christian*. Aïcha restait médusée dans l'entrée, sur le mur du fond étaient tendues des tapisseries somptueuses, des étoffes soyeuses, cela lui rappelait les intérieurs de certaines pièces dans les palais marocains, sur la droite, plein cadre de la fenêtre, resplendissait la Seine et les tours de Notre-Dame illuminée, Lawrence derrière elle attendait, elle se retourna, lui tendit la main :

– Je n'ai pas le droit à un petit bisou ?

Elle hésita

– Plus tard Lawrence, peut-être.

Elle ferma la porte à double tour, ouvrit le lit, se déshabilla, se glissa nue dans les draps, la tête tournée vers la cathédrale, ses dernières pensées furent pour un homme qui s'appelait Simon.

Elle fut réveillée en sursaut par le téléphone.

– Il est 8 heures mademoiselle, le petit-déjeuner est servi en bas à côté de la réception.

La fraîcheur du petit matin la fit frissonner. Par la fenêtre restée ouverte le bruit de la circulation sur les quais prenait possession de la chambre.

Elle découvrit la salle de bains, se battit un instant avec les boutons d'un mitigeur inconnu d'elle, la douche coula longtemps sur sa peau halée. Les serviettes sentaient bon la lavande.

Elle sortit tout le contenu du sac. La petite culotte en dentelle était sexy, la robe en mohair était ce qu'il fallait pour le matin frais, elle pensa, Chloé aurait-elle consulté la météo pour connaître la température aujourd'hui, quelle délicatesse, et puis ces habits pour me changer, elle retourna se brosser les dents, elle s'enveloppa d'un nuage frais d'eau de toilette, la senteur florale lui plaisait, elle ressentait un certain bien-être, elle jeta un regard rapide à sa silhouette dans le miroir mural, elle descendit par les escaliers rejoindre Lawrence à la table près de la fenêtre ouverte :

– Tu es toujours aussi belle Aïcha.

Il eut droit à une esquisse de sourire, pas même un petit merci. Le petit-déjeuner fut expédié en silence, ils arrivèrent juste à l'heure.

Carl Olag était là.

Le couturier était connu pour sa façon extravagante de s'habiller, des vêtements amples aux couleurs douces sur lesquels flottait sa queue de cheval torsadée, serrée par un anneau serti de brillants, des sandales ouvertes en léopard, des lunettes rondes à monture de couleur toujours assortie à celle de ses habits du jour.

Il était assis dans le fauteuil Emmanuel déplacé près de la baie vitrée.

– Approchez jeune fille, tournez vous vers la fenêtre.

Les ordres tombaient courts, c'était la première fois qu'on lui parlait de cette manière autoritaire, la voix pourtant était veloutée, il demanda à Jean-Paul de descendre l'écran, de projeter les vues de.., le nom lui échappait, il dit :

– La citadelle des sables

Il découvrait, faisait agrandir telle photo, puis telle autre : intéressant, magique.

Il voulut voir la demoiselle habillée en djellaba, elle se changea :

– Bien, marchez devant la muraille, maintenant retournez vers la porte.

– Asseyez vous, mettez votre coude sur l'accoudoir, tournez la tête comme ça.

Il posa ses mains couvertes de bagues sur ses joues, caressa sa chevelure bleue-nuit :

– Tiens, vous avez mis mon parfum !

Il se pencha comme s'il voulait l'embrasser, elle eut un recul perceptible :

– N'ayez pas peur, voyons, on ne vous a pas prévenu.

Il la regardait, en même temps la citadelle ensoleillée derrière elle :

– Andy, prenez cette photo d'elle, comme ça, oui.

Il vérifia dans le viseur, se mit à marcher de long en large, s'arrêta à côté de Aïcha :

– Comment vous appelez vous ma petite ?... Joli.

Il se tourna alors vers les cinq derrière la table :

– Quand peut-on commencer les prises de vue ?

Aïcha s'était levée brusquement :

– Vous voulez dire les prises de vue, là-bas, dans mon pays, chez moi ?

Son visage rayonna, elle fit un geste incroyable, elle se pencha vers Carl Olag et l'embrassa :

– Oh, merci Monsieur.

Les réflexes de Andy étaient surprenants de rapidité, il avait saisi cet instant rare. Sur l'écran du Nikon on voyait en gros plan le profil pur du visage de Aïcha, ses lèvres tendues étaient posées sur la joue du couturier Carl Olag, un soupçon de sourire se dessinait sur son visage austère. Andy avait transféré la photo sur son ordinateur, le document fut de suite imprimé. Ce fut un moment exceptionnel qui était révélé. Derrière les deux visages, celui d'un homme mondialement connu et celui d'une inconnue, brillait un mur en pisé enflammé par le soleil couchant. Inès demanda à Carl si elle pouvait faire circuler la photo dans la presse, il était d'accord. Chloé appela la réception :

– Céline, apportez nous du champagne et un plateau avec des amuse-bouches.

Jean-Paul déboucha la bouteille, les coupes se levèrent, tout le monde embrassait Aïcha, la félicitait. Lawrence un peu à l'écart la regardait, l'admiration se lisait dans ses yeux, elle lui fit signe de s'approcher, elle lui tendit sa joue, c'était la première fois.

Andy prenait des photos pour le book de l'agence, les vues de la citadelle des sables continuaient à défiler sur l'écran.

Aïcha ne pouvait détacher son regard de ce pays qu'elle allait revoir bientôt, elle leva la main :

– Vous pouvez revenir sur la photo précédente ?

On y voyait au pied d'un ksar une palmeraie accueillante baignant ses racines dans l'eau d'une rivière peu profonde, des chameaux s'y abreuvaient, Aïcha se retourna :

– Et si vous appeliez votre parfum Oasis !

La stupeur se lisait sur les visages, ils imaginaient les publicités avec ce nom qui évoquait les marches dans le désert, l'arrivée dans un lieu tant souhaité où l'on pouvait étancher sa soif, oui, bien sûr, ce nom donnait l'envie folle de s'évader et de se rafraîchir avec ce nouveau parfum OASIS de Carl Olag.

Le couturier téléphona à son compagnon pour lui annoncer la bonne nouvelle :

– Nous allons faire des photos sur le parvis avec elle puis j'arrive.

Il avait l'air joyeux, c'était si rare. Inès était perplexe, elle lui demanda si Aïcha devait garder la djellaba pour les photos devant la cathédrale :

– Vous ne trouvez pas cela provocant ? Elle...

Carl l'interrompit :

– Peut_être mais je veux garder cette image personnelle au centre de ma campagne publicitaire, vous comprenez Inès ?

On ne discutait pas les décisions d'un client comme Carl Olag, toute l'équipe se retrouva sur le parvis, Andy avait descendu son matériel sophistiqué.

De nombreux touristes écoutaient leurs guides, des petits drapeaux japonais, américains, italiens, flottaient au dessus des groupes, des têtes se tournèrent vers ce couple étrange devant le portail de la cathédrale.

Carl Olag avait pris la main de Aïcha, elle était tournée vers lui, son sourire radieux illuminait le soleil timide de ce samedi matin :

– Nous allons faire un bout de chemin ensemble, ma petite, lui dit-il en se penchant vers elle.

Elle le vit de suite, il était au premier rang, une rose à la main, il n'avait pu attendre, ne les avait pas prévenus, de surprise elle lâcha la poignée de sa petite valise, se mit à courir , elle tendait ses bras vers lui, elle lui tendait ses lèvres, tout son corps, les autres autour regardaient envieux ou amusés cet enlacement sans retenue, elle était si belle, si jeune, animée d'une passion si intense, Lawrence avait récupéré sa valise abandonnée dans le passage, il la déposa à côté d'eux :

– Bon, à plus tard, je vous téléphonerai demain, on doit parler du contrat.

Il ne sut si ses paroles avaient été entendues, son cœur se lézardait, cela était perceptible sur son visage, il avait un tel désir sauvage d'être à la place de son meilleur ami.

Ils restèrent enlacés un jour et une nuit, le raisonnable n'avait plus sa place, elle se levait entre deux étreintes, faisait le tour de la chambre en dansant, aguichante, nue sous son opulente chevelure virevoltant autour d'elle, puis revenait vers lui, s'allongeait provocante, il aimait son visage renversé, sa bouche était un fruit rouge prêt à être dégusté, des flots de désir dévastaient à nouveau et encore la couche, elle l'accueillait, le gardait en elle, son souffle devenait court, au bord de la rupture, cela jusqu'à ce que la bouche soit devenue sèche comme la source là-bas chez elle près du ksar :

– Donne-moi à boire, Simon, j'ai soif.

Elle buvait à larges gorgées sans respirer, s'étranglait, riait comme une enfant que l'on chatouille :

– Je reprends vie avec toi, mon Simon.

A l'aube, elle lui demanda d'aller chercher sa valise :

– Tu vas voir la belle robe que j'ai reçue.

Il la posa sur le lit et l'ouvrit. Sur la robe noire, une enveloppe sur laquelle une main énergique avait écrit en son milieu « Aïcha » était entourée d'un ruban noir aux initiales dorées de Carl Olag.

Elle restait immobile, interdite, comment cela était possible, oui, certainement, lorsque sa valise était rangée dans le petit salon à côté de la réception, quelqu'un l'avait ouverte pour y glisser cette enveloppe. Simon la lui tendit, elle fit glisser le ruban et ouvrit.

Elle sortit une carte et un papier rectangulaire plié en deux sans réaliser ce que cela était, découvrit en le dépliant ce qu'était un chèque, c'était la première fois qu'elle tenait entre ses mains un chèque, elle y lut Aïcha, en même temps dans le coin supérieur droit les chiffres 20 000 €, elle tendit le chèque à Simon :

– Tu peux m'expliquer ce que cela veut dire !

Il lui lut à haute voix les mots à l'écriture fine.

Ma belle,

Carl te porte dans son cœur, ton idée de photos dans le Sahara l'enthousiasme, le nom Oasis que tu as suggéré est retenu, en quelques heures tu es devenue sa future égérie, tu vas apparaître souvent à son bras, être jalousée, devenir la proie des photographes et de la presse people, prépare-toi à cela, mais reste telle que tu es, naturelle, vivante, souriante, spontanée avec retenue. Carl a signé un petit chèque pour toi, d'autres vont suivre. Lawrence reste notre contact, il te tiendra au courant des dates retenues pour les prises de vue prévues normalement dans deux semaines si les conditions météo sont favorables, bien sûr tu dois rester disponible, prête à prendre le premier avion, on ne doit jamais contrarier Carl Olag.

Pardonne ma familiarité, je t'embrasse

Chloé.

Elle ne pouvait réaliser, la somme la plus importante reçue les semaines passées pour ses deux heures de ménage chez un particulier était trente euros, elle regardait la mer par delà la baie vitrée, le soleil levant y dessinait un tapis de cristaux scintillants, Simon était à contre jour :

– Madame veut bien accepter que je l'embrasse pour la féliciter.

Ils roulèrent enlacés, le chèque fut un peu froissé, ils furent pris d'un fou rire qu'ils ne pouvaient maîtriser malgré la sonnerie stridente du téléphone, Lawrence était bien entendu au courant du chèque, il avait eu du mal à garder le secret dans l'avion, ils devaient parler du compte à ouvrir, du contrat de mannequin, il pouvait passer déjeuner vers 13h environ, il apporterait une bonne bouteille.

Ils s'endormirent, tournés l'un vers l'autre, leurs souffles se mêlaient, parfois un soubresaut agitait leurs corps, en souvenir peut-être.

Plus tard, les deux hommes parlaient autour du barbecue sur la terrasse, les côtelettes de porc façon mexicaine grillaient doucement sous le couvercle, à l'ombre sous le parasol la bouteille de champagne dans le seau à glaçons leur tendait son goulot, Aïcha avait préféré rester dans la cuisine, elle était assise dans le coin sous la reproduction de Botticelli.

Elle revivait certains faits marquants de la veille à Paris, les images de la kasbah Aït-Ben-Haddou défilaient, elle pensait à ses parents, ils auraient été si heureux et fiers de la voir à son passage, elle ouvrit son médaillon pour regarder sa petite Dounia au travers de ses yeux larmoyants, elle referma vite le boîtier, les hommes arrivaient, elle sécha ses larmes, se leva pour verser le vinaigre balsamico sur la salade, Simon remarqua ses yeux humides, il la prit dans ses bras :

– Ce n'est rien, ça sent bon vos grillades.

La bouteille de Peyre Blanche 2012 fut ouverte, Lawrence s'adressait à son ami avec enthousiasme :

– Si tu avais vu hier ta chérie, elle subjuguait tout le monde, il s'est passé un instant unique quand Carl Olag annonça être d'accord pour le Sahara, elle se jeta sur lui et l'embrassa, du jamais vu mon cher, heureusement pour toi, il est homo.

Il devenait intarissable, parlait de la personnalité de Inès, de la beauté vénitienne de Chloé, du talent de Andy, puis devint très calme à la fin du repas.

– Les enfants, nous devons parler affaires.

Il sortit de sa sacoche une liasse de papiers, un bloc, un calendrier, posa l'ensemble sur la table après avoir repoussé son assiette et son verre.

Peter était arrivé très tôt, il avait trouvé sur son bureau un papier griffonné par Hans-Dieter

« Bonjour Peter, veuillez mettre s'il vous plaît les cinq tableaux dans la réserve avant l'arrivée de Anna, accrochez la collection habituelle, ouvrez la galerie, j'arriverai vers midi, j'ai travaillé toute la nuit, je ne pouvais dormir, merci. »

Peter eut un soupir de soulagement, son patron renonçait à cette idée qu'il estimait suicidaire.

Il ressortit la collection permanente, le Poliakof, les Alechinsky, les Hantaï, le Viera da Silva, le Bazaine, le Léon Zack, les dessins de Paul Klee, les lithographies de Miro, il décrocha les cinq tableaux du peintre inconnu et les rangea au fond de la réserve, déplaça des supports sur les murs. Lorsque Anna arriva, la galerie avait retrouvé son aspect habituel avec son accrochage d'œuvres abstraites d'une valeur inestimable.

Certaines avaient des couleurs vivantes, d'autres étaient peintes avec des subtils dégradés.

Peter s'arrêta un long moment devant le tableau de Léon Zack, les larges taches évanescentes posées sur un fond crémeux transparent le plongeaient dans l'univers mystique voulu par le peintre, lui apportaient un bien-être bénéfique à son caractère anxieux, il sursauta lorsque Hans-Dieter fut derrière lui, il n'était pas rasé, il avait sa tête des mauvais jours :

– Bonjour Peter, on monte.

Son bureau sentait le cigare refroidi, des plans de la galerie étaient ouverts en désordre sur le sol, des dizaines de croquis au fusain et des photographies faisaient tâche sur l'acier poli du plan de travail. Hans-Dieter ouvrit le hublot côté lac, une sirène lointaine d'un bateau se confondit avec le bruit de la circulation en contre-bas :

– Asseyez-vous Peter.

Un long monologue s'ensuivit, il y était question de gouvernements laxistes, de principes démocratiques favorisant l'impunité, de politiciens irresponsables incapables de prendre des décisions énergiques face au danger qui menaçait les pays civilisés, des noms furent cités, la folie meurtrière fut évoquée avec détails :

– Oui, Peter, l'idéologie mortifère de Daech est là, tout près, à nos portes, elle progresse très vite.

Peter écoutait l'exposé brillant de son patron, il découvrait des aspects inconnus de sa personnalité, ses idées sur les crimes contre l'humanité lui étaient dévoilées pour la première fois, plus tard la surprise devint inquiétude, Hans-Dieter s'agitait sur son fauteuil, expliquait le type de châtiments qu'on devrait appliquer à ces extrémistes sanguinaires, cela était dit avec des détails qui faisaient froid dans le dos.

– On devrait rétablir les bagnes sur une île déserte, ils seraient enchaînés aux pieds avec un boulet comme dans le temps passé, eux qui veulent tout casser, des vies innocentes, des monuments, on leur ferait casser des cailloux toute la journée en plein soleil, jusqu'à ce qu'ils se traînent à genoux, implorants, à boire, pitié, à boire, et cela tous les jours, du matin au soir.

Peter était sidéré, une sueur malsaine faisait luire son visage si pâle que Hans-Dieter s'interrompit :

– Pardon Peter, vous ne pouvez comprendre ma hargne.

Il précisa qu'il connaissait le caricaturiste français assassiné avec les autres par deux frères :

– Nous ne partagions pas les mêmes idées mais c'était un artiste de talent et un homme courageux.

Il parla encore des œuvres de Picasso, de Zoltan Music, de Ash, de Boltanski, de Anselm Kiefer :

– Des messages douloureux, des cris d'alerte lancés à la face de la société, comme le sont les tableaux de ce peintre inconnu, vous pouvez peut-être mieux comprendre maintenant, Peter, pourquoi c'est une nécessité pour moi de faire cette exposition.

Il ajouta être conscient des risques pour la galerie, aussi pour le personnel, alors il avait décidé :

– Vous et Anna serez mis en congé payé pendant toute la durée de l'exposition, il pouvait assumer seul, des caméras seront installées en plusieurs endroits, du personnel armé sera engagé pour assurer la sécurité à l'intérieur mais aussi aux abords immédiats.

Il tendit une photographie à Peter, c'était la façade principale du château, agrandie au format A4. Sur celle-ci plusieurs morceaux de tissu noir se superposaient, tendus à leurs extrémités par des ficelles, ils couvraient la façade blanche, on pouvait deviner les cordages se prolongeant sur les côtés :

– La maison en partie enveloppée sera sous le feu de puissants projecteurs et se reflétera sur le miroir de la galerie comme une affiche spectaculaire.

Hans-Dieter rassemblait ses croquis, expliquait avoir trouvé en France une société qui avait travaillé pour Christo à l'empaquetage du Pont Neuf, il fallait la contacter, demander des devis à faire envoyer à une adresse différente pour garder le projet secret , tout cela prendrait au moins un mois, pour cette raison il l'avait prié de remettre en place la collection.

– J'aimerais que nous nous occupions ensemble de la préparation, ensuite je vous réserverai un séjour, ce sera probablement en octobre, quelles destinations lointaines plairaient à votre épouse ?

Il était midi passé, le bruit continu de la circulation devenait gênant, Peter ferma le hublot, se rassit :

– Je resterai avec vous, Hans.

Hans-Dieter se leva et pour la première fois en huit années de travail, il eut ce geste familier, il posa sa main sur l'épaule de son directeur :

– Votre générosité me touche beaucoup Peter, mais pas question, vous avez charge de famille, ce qui n'est pas mon cas vous le savez, pas de femme, pas d'enfant à chérir.

Sa voix était devenue triste, il s'étonnait de faire allusion à ce grand regret de sa vie, ne pas avoir un enfant à prendre sur ses genoux, à serrer dans ses bras :

– Venez Peter, allons manger un morceau au village.

La galerie fut confiée à Anna, ils choisirent une table à l'écart dans le jardin de bière de l'auberge du Grand Cerf en face du lac. Plusieurs habitués saluèrent Monsieur von Back, l'homme le plus connu de la région à plusieurs kilomètres à la ronde, lui se contentait de saluer en soulevant légèrement son panama avec une réserve qui éloignait les importuns, il commanda une des spécialités, des harengs à la crème avec des rondelles d'oignon rouge, Peter prit une salade du chef avec de fines tranches de sanglier, les lourds pichets de bière furent heurtés avant de boire à la santé du projet secret, ils conversèrent peinture et littérature parce qu'ils étaient incapables de parler de banalités, la question de Hans-Dieter tomba au milieu du repas :

– Dites-moi Peter, faut-il fabriquer un peintre ?

Celui-ci comprit de suite le sens de la question :

– Vous voulez dire, faut-il inventer un peintre qui serait présenté comme l'auteur des tableaux, ce serait en fait la révélation d'un peintre découvert par vous, capable de jouer le jeu, un artiste très bon comédien qui soit francophone parce que les textes sont écrits en français, pas facile Hans.

Ils continuèrent à parler, de loin ils pouvaient faire penser à des conspirateurs penchés l'un vers l'autre au dessus de la table, parlant à voix basse, peut-être ce serait mieux d'inventer les faits, par exemple avoir trouvé les tableaux un matin devant la porte de la galerie, préciser que les œuvres ne sont pas signées, que leur auteur est de ce fait inconnu :

– Pourquoi pas ?

123

Si on passait au salon pour discuter dit Aïcha. Ce fut fait rapidement, Lawrence en fit le tour, il s'arrêta devant chaque tableau de l'année passée, demanda à Simon pourquoi il avait retiré ceux avec les petites écritures :

– Cela manque, dommage.

C'était vrai, ils n'avaient pas eu le temps d'en parler, tout était allé si vite depuis quelques jours. Simon expliqua sa décision initiale, la proposition de Aïcha, la corniche, les objets dits encombrants, l'homme corpulent au cigare, l'écusson Bentley, Lawrence l'interrompit :

– Quelle couleur la voiture ? bleu métallique, attendez, cela me dit quelque chose.

Il prit son téléphone portable, Déborah était avec un client, elle allait rappeler, cela pouvait durer une heure.

Lawrence souleva alors la question de l'adresse à donner à la banque pour ouvrir le compte de Aïcha. Ils lui firent part de l'existence de la tante qui avait une santé fragile, du petit deux-pièces au rez de chaussée d'un immeuble où elle habitait, où elle hébergeait Aïcha depuis la mort accidentelle de ses parents. Lawrence fit remarquer que la célébrité d'une inconnue allait déchaîner la curiosité des photographes et des journalistes, presque malsaine parfois :

– Je suis d'accord avec vous, mais c'est leur gagne-pain, il est certain que Aïcha sera suivie, ils trouveront la tante, elle sera harcelée de questions sur le passé de sa nièce, au fait à quoi ressemble ce passé ?

Le visage de Aïcha se ferma :

– Rien d'autre que vous ne connaissiez déjà, je suis née à Tagounite dans le désert du Sud marocain, j'y suis restée jusqu'à dix ans, j'ai commencé mes études secondaires à Marrakech, c'est tout, il n'y a rien d'autre Lawrence, absolument rien d'autre.

Elle se leva, se mit au piano pour leur tourner le dos, pour cacher ses yeux humides, elle joua un air de chez elle, une mélopée lancinante dont elle avait fait la transcription, Lawrence n'était pas dupe, il n'avait pas accès à certains secrets.

Lorsque Aïcha revint s'asseoir avec eux, il émit des doutes sur la capacité de la tante à supporter les harcèlements des paparazzis, mais comment faire autrement, c'était impossible de donner l'adresse ici :

— Ils doivent ignorer votre relation car beaucoup d'hommes, dont certains décideurs de la profession, seraient déçus et furieux de ne pas avoir leur chance comme ils l'ont avec d'autres petites jeunes débutantes avides de réussite.

Le téléphone sonna, Déborah écoutait les précisions, la Bentley bleue, un homme corpulent avec un cigare :

— Oui, c'est un client du cabinet, il est venu deux fois avec un géomètre expert pour une question de servitude de passage, c'est un personnage dont on se souvient, son physique bien sûr, mais aussi son érudition, il a parlé longuement du petit dessin de Paul Klee au dessus de mon bureau... je t'entends mal Lawrence... arrêtez de parler tous ensemble, sa profession tu dis, oui, je me souviens, il m'a dit avoir une galerie d'art contemporain en Bavière, oui je peux rechercher l'adresse si vous voulez.

Aïcha sautait de joie sur le canapé, elle battait des mains, riait à gorge déployée :

— Tu vois chéri, tes tableaux vont être exposés dans une galerie, je veux aller les voir, on part quand ?

Lawrence souriait, était désolé, ils ne pouvaient s'absenter tant que la date de départ pour les prises de vue au Maroc n'était pas décidée.

126

– Ça peut être dans deux jours mais aussi dans deux semaines, au fait, Simon, tu ne pourras pas venir, tu comprends.

Aïcha se leva en criant :

– Pas question.

Elle demanda où Simon avait rangé le chèque, si on la payait pour ne pas avoir le droit de vivre, d'être heureuse, elle préférait le rendre.

Ses yeux étaient devenus deux fentes, on la devinait capable de faire cela, la colère la rendait encore plus belle, plus désirable.

Lawrence mesurait l'amour fou qui la liait à son ami, une passion qui ruinait avec évidence ses phantasmes, ses espoirs de pouvoir la séduire et la tenir consentante ne serait-ce qu'une nuit sous lui, il réalisa combien tout était facile avec les autres, il comprit que tout serait différent avec elle, aussi la nécessité de la rassurer, de composer avec elle :

– Calme-toi, ma belle, nous serons, Carl Olag et l'équipe, à Ouarzazat et Simon pourrait être à Zagora, je peux dire à Carl que tu souhaites après les prises de vue retourner quelques jours dans ton village natal, vous pourrez y rester cachés en amoureux.

A l'énoncé des villes de son pays, la lumière du Sahara fut présente sur son visage :

– Si tu es d'accord mon chéri, alors oui, c'est bon.

Ils écoutèrent la lecture du contrat cadre des mannequins, tout cela était un peu mystérieux pour eux, Lawrence était arrivé au chapitre des rémunérations pour les prises de vue, en particulier celles de nus :

– Ça, jamais, cria Aïcha

Elle regarda Lawrence d'un air intraitable, il essaya

– Tu sais, la majoration horaire est très importante pour ce type de cliché

– Non Lawrence, c'est inutile que vous insistiez

– Bon, n'en parlons plus

Dans ces conditions elle devait préciser par écrit son opposition à l'exécution de missions comportant des prises de vue de nus.

C'était une règle, elle devait aussi compléter le formulaire, son nom, son prénom, son poids, ses mensurations, oui le tour de poitrine et de hanche.

La sonnerie du téléphone les interrompit, la secrétaire de Déborah leur donnait l'adresse de la galerie de Mr Hans-Dieter von Bach.

Lawrence les quitta en milieu d'après-midi.

Ils se blottirent dans le canapé, celui dans lequel Simon avait pris sa main, elle se souvenait avec émotion de ce geste, si simple, des images des jours passés défilaient devant ses yeux, en même temps l'avenir devenait présent, elle lui murmurait :

– On va dans mon pays, tu verras comme on y est bien, on entend le silence, il pénètre au fond de toi quand le soleil descend sur l'Atlas, je te présenterai aux femmes, elles seront jalouses que j'ai trouvé un beau roumi, mais si je gagne de l'argent, il faudra leur cacher sinon elles me diront que je dois choisir un homme de chez nous pour perpétuer notre race.

Elle parlait aussi des tableaux :

– Celui qui est terrible pour moi, c'est celui où tu fais parler la petite fille de sept ans qui avait mis une robe blanche pour faire plaisir à sa maman en rentrant de l'école, c'est atroce, on imagine bien la voiture qui explose, ta façon de faire parler les êtres les rendent si présents que cela devient une affaire personnelle alors que les médias parlent d'une manière anonyme, vingt huit civils tués dans un attentat suicide à la voiture piégée, quatorze morts dans l'explosion d'un bus, toi, tu concentres l'attention sur un cas précis, comment t'est venue cette idée Simon ?

Il ne répondait pas, il savait très bien, il ne voulait pas parler encore de l'horreur, il regardait ses grands yeux interrogateurs se poser tout au fond de lui, là où les seules réponses n'étaient que désir de l'étreindre, de l'embrasser, de clore sa bouche sensuelle avec ses lèvres assoiffées.

Elle se trouvait au bout d'un chemin aux ornières profondes qui serpentait au milieu des sapins, on la découvrait avec surprise au fond de la forêt, construite avec son appentis à l'extrémité d'une grande clairière, elle était entourée d'une clôture sur laquelle était cloué un écriteau avec une tête de mort et l'inscription Achtung - Gefahr. C'est là qu'habitaient Ibrahim et Yasmine Dögulu. Ibrahim Dögulu était membre d'une cellule turque islamiste radicale établie à Berlin depuis trois ans, il avait été choisi pour ouvrir un point de chute en Bavière et pouvoir ainsi recueillir toutes les informations sur les opposants au développement des actions entreprises par les frères musulmans à Munich, il avait reçu les fonds nécessaires pour trouver à l'extérieur de la ville un logement discret à louer ou à acheter.

Pour faire ses recherches, il avait, pendant trois mois, loué des chambres chez l'habitant, dans une dizaine de villages ruraux, il présentait bien, était bel homme, souriant, sympathique, il avait le contact facile et inspirait la confiance, il parlait souvent de sa femme, très belle et courageuse, non, ils n'avaient pas d'enfant, leur fille unique était morte à trois ans, ils cherchaient une petite maison en forêt parce qu'ils aimaient la nature bavaroise, tellement plus belle que celle où ils vivaient dans le Sud de la Turquie, ils voulaient vivre heureux dans cette région, c'était leur rêve, avoir un jardin pour leurs légumes, oui, il adorait jardiner, certains regardaient ses mains soignées mais n'osaient rien dire, on lui donnait volontiers des informations sur tous les biens que les paysans voulaient vendre discrètement, il visitait tout, même les maisons en ruine, il laissait son numéro de portable, appelez moi, n'hésitez pas si vous entendez parler d'une affaire, il ajoutait avec un sourire de connivence et un clignement de paupière, ma femme serait si heureuse si vous lui trouviez quelque chose de simple pas loin de chez vous, je ne serai pas ingrat. C'est ainsi qu'un matin le jeune fils d'un employé municipal lui donna rendez-vous à un croisement dans les champs. Il parla d'abord du travail difficile de la terre par ce temps sec, il hésitait :

– C'est payé combien pour un bon tuyau ?

Il se fit répéter, ne pouvait y croire, il allait pouvoir acheter le scooter dont il rêvait.

– Voilà, j'ai entendu mon père parler avec un type, la commune a décidé de vendre la maison forestière, ça correspond pile à ce que vous voulez acheter, allez voir, c'est à deux kilomètres tout au fond de ce chemin, c'est plein de trous mais ça passe quand même, après si ça convient, téléphonez-moi, j'arrangerai le rendez-vous avec le mec qui faut.

La voiture fut arrêtée devant le portail, une pancarte rouillée y pendait de travers, les lettres peintes étaient à peine lisibles, dans le fond de la clairière, la bâtisse basse couverte de lierre était en partie cachée derrière un sapin. Ibrahim réalisa, ce qu'il cherchait était là, devant lui, il fit des photos avec son portable, poussa le portail, s'arrêta à côté du sapin, son regard fut attiré par un escalier en pierres dissimulé en partie par des herbes hautes, il descendait jusqu'à une porte aux lattes en bois, elle fermait certainement une cave.

Il entreprit de visiter la maison, la porte d'entrée donnait directement sur une grande pièce avec une cheminée, un couloir central distribuait quatre chambres, dans l'une d'elles un matelas éventré était posé au sol, l'ensemble dégageait une odeur de fumée froide, des fils électriques pendaient à certains endroits.

Tout l'intérieur nécessitait d'importants travaux de rénovation, le petit bâtiment annexe, couvert de tôles ondulées, abritait un vieux tracteur abandonné dans un coin. Les photos furent envoyées, avec un texte codé, depuis son iPhone, à son frère en Turquie, celui-ci les transmit à la cellule centrale de Berlin, la réponse codée arriva le lendemain, Ibrahim avait pleins pouvoirs pour mener l'affaire à son terme.

Les formalités avec les différents organismes prirent deux mois, les travaux durèrent aussi deux mois, début juin Yasmine fut présentée au maire du village :

– Merci Monsieur le maire, c'est un honneur et un immense plaisir pour moi d'être acceptée chez vous.

Le Maire était conquis.

Lawrence sonna à l'interphone à dix heures du matin, ils le virent monter la rampe d'accès à pas vifs, une revue se balançait au bout de son bras, il eut du mal à reprendre son souffle, d'un geste étudié il leur tendit le magazine, en couverture de Paris-News on pouvait lire

« La nouvelle égérie de Carl Olag s'appelle Aïcha »

Au-dessous, pleine page, s'affichait la photo du couturier et de Aïcha, le couple se tenait la main devant le portail central de Notre-Dame de Paris, le visage de Carl Olag était tourné vers sa voisine à qui il murmurait des mots secrets, le sourire de celle-ci était radieux.

– Regardez, ils ont supprimé les touristes sur les côtés et le tympan a été ombré pour mettre davantage en valeur ton visage souriant.

Aïcha se penchait, ils s'attendaient à la voir exploser de joie, elle avait pris la revue, elle posa son doigt au centre du tympan, dans sa partie supérieure :

– Votre Jugement dernier juste au-dessus de mon visage, c'est très choquant pour une musulmane, je ne peux pas être jugée par votre Christ et si mon père vivait encore, il aurait déchiré cette photo de sa fille chérie au lieu de l'encadre.

Elle s'assit à l'écart, elle regardait dans le vide, les yeux plissés, Lawrence vint vers elle :

– Aïcha, notre Christ juge les morts et pas les vivants, tu n'as aucune raison de ne pas fêter cet événement exceptionnel de ta vie, n'est-ce pas Simon, dis le lui aussi, tu penses la même chose !! allez, verse nous du champagne, s'il te plaît.

La température était douce, ils levèrent leurs coupes sur la terrasse ensoleillée, le mistral avait nettoyé le ciel, plusieurs voiliers prenaient le vent en direction de St Tropez, Lawrence eut droit à un rapide baiser sur la joue, son téléphone sonna :

– Carl Olag va te présenter la semaine prochaine à la presse lors de son défilé Avenue Montaigne, ça sera un grand jour pour toi, ma petite.

Simon s'intéressait à une mouette venue se poser sur le rebord de la piscine. D'un mouvement vif elle plongeait son bec dans l'eau, le relevait vers le ciel pour laisser l'eau glisser dans son gosier, elle fit cela plusieurs fois avant de pencher la tête, son petit œil rond, noir, scruta longuement sans effroi ce trio, là haut sur la terrasse. Lorsque les ailes se déployèrent pour un envol pesant vers des destinations inconnues, Simon regarda la mouette disparaître au-dessus de la mer jusqu'à devenir un souvenir, il se tourna vers Aïcha et dit simplement :

– Fais ta valise.

Elle pensa avoir mal entendu, elle resta un moment figée à côté de Lawrence.

Des scooters des mers avaient investi la mer, le vrombissement des moteurs déchirait la quiétude matinale, elle cria :

– Mais pourquoi, Simon ?

Ils travaillaient toute la journée dans le bureau à l'étage, et souvent tard le soir, à ces moments là, lorsque la galerie avait fermé ses portes et que les derniers visiteurs avaient quitté les lieux, alors ils pouvaient se munir du mètre d'arpenteur, ils vérifiaient les dimensions de telle ou telle partie des façades du château, les consignaient sur les plans avant d'inclure ceux-ci dans le logiciel d'architecture. Anna s'occupait seule de la galerie, du courrier, du téléphone, faisait des heures supplémentaires sans récriminer, Hans-Dieter l'avait toujours traitée avec beaucoup d'égards, Anna, auriez-vous l'obligeance de, avez-vous le temps de, elle avait été invitée deux fois à s'asseoir avec les invités, triés sur le volet, de l'émission télévisée "das Sofa", elle était d'un dévouement sans bornes, un peu amoureuse sans illusion.

Le travail le plus délicat fut de positionner les images des tissus noirs tendus sur les façades, le logiciel 3D performant leur facilitait la tâche, mettait en valeur telle proéminence d'un balcon ou tel retrait d'une fenêtre, ils n'étaient pas toujours d'accord sur l'emplacement des tissus, les déplaçaient après avoir enregistré une copie, comparaient, choisissaient, Hans-Dieter était perfectionniste, le projet final fut mis en mémoire et sauvegardé au bout de six jours.

Il fut envoyé à l'avocate Susie Ratlager, elle avait la charge de consulter l'entreprise française, sans préciser le lieu exact du projet, le chantier était « quelque part en Bavière » sur un terrain plat.

La mise en place des bâches noires devait être faîte la nuit, devait impérativement être terminée au lever du jour, c'était une obligation du contrat, de lourdes pénalités de retard étaient prévues, elle devait aussi préciser que le client est une personnalité du monde artistique en Allemagne, des photos et reportages étaient prévus, le nom de l'entreprise serait mentionné, la qualité du résultat final deviendrait une référence indiscutable pour l'entreprise.

Elle cria encore :

– Pourquoi, Simon ? Pourquoi ?

D'abord il ne comprit pas, puis réalisa que l'irruption brutale du vacarme des moteurs avait couvert la fin de sa phrase, il se précipita, la prit contre lui :

– Ma chérie, fais ta valise, nous partons.

Tout à coup la vie redevenait belle, ils avaient une semaine devant eux jusqu'au jour du défilé, il voulait lui faire connaître quelques régions de France, elle était folle de joie, impatiente, quelle superbe idée, on fera des photographies mon chéri pour les montrer à ma tante, bien entendu, d'ailleurs on va passer la voir, lui apporter de la nourriture et des médicaments pour la semaine, Lawrence fut gentiment congédié, tu nous téléphones mon cher s'il y avait du nouveau.

Aïcha était pendue au bras de Simon :

– Tu m'as fait peur tu sais mon chéri.

Ils passèrent à la banque pour ouvrir un compte, le directeur de l'agence prit le passeport, nota son nom, remarqua qu'elle était mineure, quand elle tendit le chèque, le montant de la somme inscrite et le nom du couturier le rendirent perplexe, il se souvenait de la petite serveuse lors de la récente soirée chez Simon, il dévisagea longuement Aïcha :

– C'est un honneur pour la banque de vous avoir comme cliente, Mademoiselle.

Simon fut obligé de se porter caution pour qu'elle puisse avoir sa carte bleue, croyez bien que le nécessaire sera fait pour que vous receviez celle-ci rapidement, à quelle adresse Mademoiselle, elle hésita, donna celle de sa tante. Elle était surprise que Simon prit la direction du centre ville. Il gara la voiture devant un magasin espace SFR, prit connaissance des nouvelles offres, acheta un portable dernier modèle pour Aïcha, en remplacement de son antiquité, disait-il en riant, il prit aussi un modèle simple avec carte pour la tante, n'aie pas peur, je vais lui expliquer, mais si, elle va comprendre.

Ils passèrent à la supérette, à la pharmacie, chez la tante. Simon insista pour que Aïcha prenne son tailleur Nina Ricci et les escarpins noirs.

Ils fermèrent la maison à seize heures, une heure plus tard ils étaient sur l'autoroute en direction de l'ouest.

Aïcha faisait connaissance avec son nouveau Samsung, filma en passant la montagne calcaire du massif de la Sainte-Baume, radio classique diffusait en sourdine ses programmes, ils furent à Carcassonne à vingt heures quinze, Simon sonna à la borne avec interphone du parking, la navette vint les prendre et les déposa devant l'entrée de l'hôtel de*.

Aïcha restait immobile, son regard allait de la basilique Saint-Nazaire à la façade de l'hôtel couverte en partie par le lierre puis se porta sur les jardins luxuriants, elle suivait Simon en regardant autour d'elle, lorsque la porte de leur chambre fut ouverte, elle ne put se retenir de courir vers la terrasse, la vue sur les remparts au soleil couchant était magique, Simon était déjà derrière elle, ses bras entourèrent sa taille :

— Est-ce assez beau pour vous, mademoiselle ?

Les mots lui manquaient pour exprimer son émotion.

– Prépare toi, ma chérie, c'est l'heure d'aller dîner.

Le maître d'hôtel les accueillit, les accompagna jusqu'à la table réservée sous le vitrail en ogive. C'était la première fois que Simon se trouvait dans un lieu public avec Aïcha, la fascination qu'elle exerçait lui fut de suite perceptible, le ton animé des conversations avait baissé, des visages curieux se tournaient, les regards faisaient semblant de se poser sur l'architecture néo-gothique de la salle.

Lorsque le maître d'hôtel vint leur présenter le menu, deux serveuses près de la porte de service chuchotaient en les regardant, l'une d'elles alla consulter dans l'entrée la revue Paris-News. Le maître d'hôtel fut appelé, il sortit un moment, il vérifiait la photo de la couverture, le tailleur noir remplaçait la djellaba mais il n'y avait aucun doute, la jeune fille assise au fond de la salle en compagnie d'un inconnu plus âgé était bien l'égérie de Carl Olag. Aïcha écoutait attentivement les explications de Simon sur la basilique Saint-Nazaire.

Deux coupes de champagne leur furent offertes pour patienter, au moment où ils levaient celles-ci, un photographe fit irruption dans le restaurant. L'éclair du flash les saisit, Simon se leva brutalement :

– Je vous interdis...

L'homme avait disparu, plusieurs clients regardaient interloqués.

Aïcha s'était levée aussi :

– Partons chéri,

Le maître d'hôtel s'avança :

– Je suis désolé.

Ils passèrent devant lui sans un mot et regagnèrent la chambre. Aïcha se retira dans la salle de bains, y resta un moment, en sortit revêtue du peignoir de bains de l'hôtel :

– Je suis impure ce soir mon pauvre chéri.

Il riait de sa moue triste, elle fut soulagée, l'épisode pénible du restaurant semblait oublié. Simon lui présenta la carte room service, elle choisit le loup cuit à la vapeur avec ses petits légumes de saison, il préférait le filet de bœuf poêlé et sa mayonnaise truffée, ils furent servis sur la terrasse, une bouteille de champagne était offerte avec toutes les excuses de la direction pour la navrante intervention du photographe.

Le repas était succulent, entre deux bouchées elle demanda pourquoi il avait choisi cette ville. Il leva sa coupe avec un sourire malicieux :

– Devine ma petite berbère, ces remparts avec leurs tours ne te rappellent pas une certaine forteresse lointaine perdue dans les sables ?

Elle se leva, l'embrassa passionnément. Elle dormit toute la nuit serrée contre lui mais avait insisté pour garder sa robe de chambre.

Au petit matin elle se coiffa longuement pour faire des nattes qu'elle noua en chignon, cela révélait davantage la pureté de son visage et la rendait moins reconnaissable.

Ils firent monter le petit déjeuner et quittèrent discrètement l'hôtel de bonne heure pour ne pas être confrontés à la curiosité des clients, ils regrettaient de ne pouvoir profiter de la splendeur des jardins et de la piscine au pied du mur de la basilique.

Ils se rendirent dans la première boutique de souvenirs, achetèrent une casquette avec une visière proéminente et des lunettes de soleil qui lui mangeaient la moitié du visage. En sortant Simon se demandait qui lui tenait tendrement la main en marchant.

Elle était redevenue la petite fille espiègle, curieuse de tout, elle voulut voir le château comtal, les deux portes, le grand puits, les lices, les placettes pavées, ils arpentaient les petites ruelles piétonnes en s'arrêtant souvent, au retour, devant la boutique de souvenirs, la propriétaire les interpella en souriant, le journal local affichait en première page leurs visages amoureux à hauteur des coupes de champagne

« L'égérie du couturier Carl Olag a dîné hier soir dans le restaurant étoilé de notre cité médiévale ».

Simon acheta un bob aux très larges rebords et une paire de lunettes aux verres en miroir bronze, Aïcha pouffait de rire :

– Tu me plais, bel inconnu.

Ils prirent une petite route serpentant au milieu de la garrigue et des vignes, la senteur des mousses des sous-bois envahissait l'habitacle. Au bord de la rivière, au milieu d'arbres centenaires habités par des nuées d'oiseaux se cachaient les ruines de l'Abbaye cistercienne de Villelongue. Aïcha avait souhaité visiter ces vestiges religieux, inconnus dans son pays, pour préparer sa future thèse sur une Histoire des Arts, disait-elle, ceux de chez toi et ceux de chez moi.

Sa soif de découverte était grande, elle resta un long moment plantée au centre du réfectoire des moines, la tête levée vers les croisées d'ogive, dans le cloître elle s'étonnait de la glycine prolifique, s'arrêtait devant chaque fine colonne géminée, regrettait de ne pas avoir un carnet de croquis pour crayonner tel détail floral ou tel geste humain des chapiteaux du 14ème siècle :

— Regarde comme ce visage de femme est beau, et le sourire sur les lèvres de ces trois têtes d'hommes.

Elle prenait des photos, vérifiait, effaçait parfois. Dans l'Abbatiale en ruine la voûte avait disparu, le ciel bleu faisait maintenant partie du chœur, la couleur bleue était aussi omniprésente dans le jardin, sur les chaises, les brouettes, les arrosoirs, sur un squelette d'arbre peint d'un bleu profond, pour rappeler les rêves de Baudelaire avait écrit le propriétaire des lieux.

Face au pigeonnier, ils s'assirent un long moment, la main dans la main, épaule contre épaule, le silence et la sérénité des lieux les plongeait dans une paix profonde.

Simon n'était pas mondain mais avait souhaité, au cours de ce voyage imprévu, faire découvrir à Aïcha plusieurs hôtels de luxe et de caractère, l'habituer à la fréquentation de ceux-ci en prévision de son futur avenir dans le monde luxueux de la mode.

145

Il avait prévu de dîner à la Table du Lavoir, auberge reconstruite pierre par pierre au sud de Bordeaux et dormir dans une demeure historique de 1737 nichée élégante dans son parc, la Chartreuse du*.

L'incident de la nuit précédente lui fit abandonner cette idée. Il se tourna vers Aïcha :

– Si on dormait ici !

Elle ouvrait grand ses yeux :

– Mais où ?

Simon pointait le doigt vers l'étage au-dessus du réfectoire des moines :

– J'ai lu qu'on peut y réserver des chambres,

Sa réaction fut enthousiaste :

– Oh oui, mon chéri, ça me plaît ici, le silence, la simplicité des lieux, ce sera différent de l'hôtel solennel d'hier soir.

Ils allèrent à l'accueil, la chambre de l'Abbé restait la seule chambre libre. La femme leur donna un dépliant :

– Prenez la clef, regardez si ça vous convient.

L'accès se faisait par un couloir étroit encombré de brocantes, de gravures, de broderies.

La fenêtre de la chambre donnait sur la glycine du cloître, deux lits-bateaux d'une personne étaient séparés par un mètre, Aïcha s'amusait du visage dépité de Simon.

– Ce n'est rien, mon chéri, tu ne peux pas encore me toucher ce soir, et des soupirs amoureux de femme dans un cloître seraient indécents, tu ne penses pas !!.

Ils riaient encore comme des fous en réservant, la femme semblait perplexe, c'était peut-être un père avec sa fille, elle leur recommanda un bon restaurant à une demie-heure, en passant ils prirent des photos de l'église et du château en ruines de Saissac, la salle de restaurant de la ferme avec ses nappes et ses rideaux à petits carreaux bleus était chaleureuse :

– On est vraiment bien ici mon chéri.

Ils choisirent la salade au foie gras et la pintade aux écrevisses, avec un Corbières rouge.

Quand la patronne vint leur offrir le kir à la violette, le portable de Simon se mit à vibrer. « Aïcha est déjà, sans le vouloir, sur les chemins de la célébrité » écrivait Lawrence avec des commentaires publiés à la parution de Paris-News.

- Ils ont bon goût les homos

- Elle est vraiment superbe la nénette

- Ben oui, mon vieux, c'est une marocaine

- Regarde son bijou, c'est une amazigh, c'est pas une marocaine

- Quelle différence entre berbère et marocaine, les deux sont des musulmanes

- Ouais, c'est une salope d'infidèle, une musulmane se laisse pas prendre en photo devant une église

- Je suis français, je trouve honteux de se faire photographier en djellaba devant la cathédrale de Paris

- Berbère ou marocaine, moi je la mettrai bien une nuit dans mon lit

- Y'a des putes pour ça, pauvre mec

- Les écoute pas Aïcha, tu es belle et tu as l'air douce, je suis tunisien, je veux te marier, mon tél est...

Simon, écœuré, éteignit son portable :

– Rien de neuf ma chérie, Lawrence nous souhaite bon voyage.

Le repas était délicieux, le vin rouge gouleyant, ils mangeaient les yeux dans les yeux, parfois posaient leurs mains l'une sur l'autre, la patronne attendrie leur offrit encore un digestif.

En regagnant l'abbaye, ils s'assirent un moment sous la glycine dans le cloître, s'attardèrent en regrettant les jours impurs subis par les femmes. Dans la chambre elle accepta un seul petit baiser sans étreinte, elle lui chuchota d'une voix enfantine et câline

– J'aurais tant aimé te sentir vivre en moi.

Ses yeux devenaient vastes et troublants, elle se coucha tournée vers lui, s'endormit très vite.

Il ne pouvait détacher ses yeux de son visage si pur. Il se demandait quelles images lui rendaient visite dans ses songes, il prit avec précaution son portable, photo-graphia en gros plan son visage posé en biais sur l'oreiller, il fit attention de ne pas saisir le petit crucifix accroché sur le mur au-dessus de sa tête.

Simon mit très longtemps à s'endormir, il cherchait une solution pour laisser Aïcha à l'abri de ces ignomi-nies échangées sur les réseaux sociaux.

Ils partirent tôt pour Royan, Simon désirait montrer la propriété où il avait vécu une partie de son enfance. Ils firent une pause déjeuner aux Viviers Charentais, Aïcha ne savait quoi choisir, elle n'avait jamais mangé des crustacés, ils se constituèrent un plateau pour deux avec des huîtres marennes Oléron, des gambas, des langoustines, des crevettes, elle laissa les huîtres mais dévora le reste.

Simon suggéra ensuite de descendre à la plage de la Grande Côte, l'accès se faisait par un terre-plein sablonneux, un des blockhaus allemands du mur de l'Atlantique s'y dressait encore, Simon tournait autour pour chercher un accès, pensant retrouver les cachettes intérieures où, enfant, il venait souvent jouer avec ses cousins, la porte était fermée par un contreplaqué que du sable poussait contre le béton. Ils marchèrent deux heures sur la plage, s'arrêtaient souvent pour s'embrasser, le vent se levait, jouait dans les cheveux de Aïcha, les vagues prenaient de la hauteur.

Ils regagnèrent la voiture, Simon fit le tour de la ville, stoppa devant sa maison natale, une propriété genre castel 1950, typique de la station balnéaire. Elle était située dans un grand parc en front de mer, c'était la première fois qu'il y revenait depuis sa vente à un groupe hôtelier après le décès de ses parents, la façade cottage anglais et le majestueux escalier d'accès en pierres avaient été gardés, le reste avait été détruit pour construire un hôtel quatre étoiles de quarante chambres à l'enseigne L'Orée du Parc.

Ils choisirent une chambre avec balcon et vue sur la mer immense et verte, souillée par les fonds de sable jaunâtre que la tempête poussait maintenant devant elle. Au large les lanternes des phares lançaient leurs signaux d'alarme, une forte senteur d'iode pénétrait par la porte fenêtre ouverte, les vagues arrivaient en grondant et venaient se casser dans une gerbe d'écume sur les pierres de la jetée au fond du parc, leur fracas couvrait la montée des plaintes que Aïcha ne pouvait plus maîtriser, elle ne cherchait plus à les dissimuler tant son plaisir devenait intense.

Elle pédalait très vite sur le chemin vers le Kleines Nest, le Petit Nid, c'est ainsi qu'ils avaient appelé la maison forestière, un panneau en bois en forme de nid sur lequel le nom avait été peint en lettres vertes pendait maintenant à la grille d'entrée, ils trouvaient ce nom rassurant pour les gens du village où ils avaient cherché et trouvé du travail, lui comme cariste à l'entrepôt des engrais, elle comme serveuse à l'Auberge du grand cerf, ils avaient été dès le début bien intégrés, appréciés pour leur courage et leur évidente bonne volonté d'être toujours à l'écoute de chacun, ils inspiraient confiance, avaient le don de faire parler les gens sur tout ce qui se passait dans la région y compris à Munich, personne ne pouvait soupçonner leurs motivations terroristes.

En se présentant à l'entrepôt qui stockait les engrais pour les fermiers de toute la région, Ibrahim avait sollicité un emploi à mi-temps, une semaine sur deux, il avait expliqué qu'il s'occupait d'un parent très âgé à Munich, le directeur trouvait son dévouement très louable, cela l'arrangeait aussi, il ignorait qu'en réalité Ibrahim pouvait ainsi se rendre en train aux deux mosquées Turkisch-Islamische Gemeinde et Freimann-Moschee pour échanger des directives avec les imams. Yasmine remplaçait une serveuse en congé de maternité, elle était brune, très soignée, souriante, un peu enveloppée, très appétissante disait en souriant le chef cuisinier.

Ils avaient acheté deux bicyclettes pour faire les trois kilomètres entre leur maison et le village. En automne, lorsque la nuit tombait vite, Yasmine ne s'attardait pas au restaurant, elle appréhendait le retour à travers la forêt sombre, elle devait concentrer son attention sur les ornières profondes éclairées par le spot fixé sur le guidon, elle pédalait vite sur le chemin, sa jupe volait autour de ses jambes nues.

Ce soir-là de septembre, elle aperçut au loin une ligne sombre, en se rapprochant elle découvrit que plusieurs grosses bûches du stère sur le bas-côté avaient été placées bout à bout sur toute la largeur du chemin, cela était intentionnel, c'était évident.

Elle s'arrêta, elle regardait autour d'elle, scrutait les alentours d'un noir profond, le silence de la forêt était oppressant, pour passer il fallait descendre de bicyclette, la soulever, contourner le stère, faire quelques pas sur la mousse du sous-bois au milieu des branchages, cette idée la laissa paniquée, elle réalisa, je suis seule dans cette nuit hostile, loin de tout, elle préféra faire demi-tour, tourna le guidon, amorça le virage, c'est à ce moment que l'homme fut derrière elle, les feuilles sèches avaient crissé sous ses semelles, elle fut arrachée de la bicyclette, levée comme un fétu de paille, son cri resta au fond de sa bouche, elle fut projetée à terre avec une violence qui la laissa étourdie un long moment, la roue avant de la bicyclette tournait à côté de sa tête, faisait trembler le phare qui éclairait la cime des sapins, le corps de l'homme fut de suite sur elle. Sa main gauche était sur sa gorge, elle en faisait presque le tour tant elle semblait grande et forte :

– Si tu cries je serre...comme ça.

Les doigts avaient exercé une légère pression, elle crut qu'elle allait étouffer, elle comprit que toute résistance était inutile, elle laissa alors la main droite déchirer son corsage, remonter sa jupe jusqu'à la taille, se glisser sous le fin tissu du slip pour l'arracher d'un geste brusque, en se débattant elle disait « *non, non* », les doigts furent encore plus lourds sur sa gorge, sa

153

voix devint alors une plainte rauque, elle renonça, elle laissa les lèvres de l'homme se poser sur ses seins pour aspirer ses mamelons, la main calleuse caressa ses cuisses avec frénésie, remonta vers sa toison, s'y posa, s'y attarda longuement, l'homme semblait tout à coup moins pressé, peut-être la résignation de la femme le rendait moins nerveux, ses doigts devinrent doux sur le sexe de Yasmine, comme ceux d'un amoureux attentif à des longs préliminaires, peut-être espérait-il faire participer sa victime au désir fou qui l'avait conduit sur ce chemin de forêt profonde.

L'homme avait relevé le buste. Au travers des ramures, la faible clarté de la lune laissait deviner la position de son visage, Yasmine serra la pierre que sa main avait trouvé sous les feuillages, le mouvement de son bras fut si rapide et brutal que l'homme ne se rendit compte de rien, le caillou vint frapper sa tempe avec un bruit mat, tout son corps devint alors une masse qui s'affaissa lourdement. Yasmine se dégagea avec difficulté, elle vacillait lors des premiers pas, elle se rajusta, déplaça une bûche du chemin pour libérer le passage. Elle releva sa bicyclette et dirigea le faisceau lumineux vers le visage de l'homme, elle le reconnut de suite, c'était Klaus J* un habitué du bar de l'auberge.

Il commençait à récupérer, elle se mit à pédaler comme une folle vers le petit nid, en même temps elle se remémorait cet homme assis en fin de journée au comptoir de l'auberge, il la regardait en lui souriant, en passant la langue.

C'était bien que Ibrahim ait annoncé ce matin qu'il allait aux mosquées et rentrerait très tard, elle n'aurait pas à expliquer ses vêtements déchirés, à raconter tous les détails de cette agression, jusqu'où cela était allé. Après le dernier virage, elle vit de loin la lumière dans le jardin, ce n'était pas dans ses habitudes d'oublier d'éteindre, il avait donc changé son programme, peut-être par chance était-il dans la cave en train de préparer des explosifs, elle aurait le temps de se changer et se rafraîchir, mais non, il lisait le coran dans le salon. Elle espérait un geste de tendresse, une invitation à s'asseoir et boire un verre d'eau.

Quand elle annonça avoir été agressée, il vint tourner autour d'elle, écarta un pan du corsage à moitié déchiré, souleva sa jupe, en constatant l'absence de sa culotte, il devint pâle :

– Tu as été violée ?

– Non, il n'a pas eu le temps.

Il voulait savoir pourquoi, pensait que peut-être elle lui cachait la vérité, il exigeait des détails précis :

– Son sexe t'a souillée ?

– Non, il n'a pas eu le temps, j'ai pu l'assommer avec une pierre.

Tu sais qui est-ce ?

Elle hésita un court instant, imagina que l'homme pourrait l'attendre un autre soir à côté du stère, alors elle lui donna son nom.

Le lendemain, la nouvelle fit l'effet d'une bombe dans ce petit village tranquille.

Klaus J* avait été découvert tôt le matin, couché dans l'herbe au pied de son tracteur, la gorge tranchée net.

Ce fut une surprise générale à la fin du défilé de prêt-à-porter au n°.. de l'Avenue Montaigne. Sous les projecteurs, Carl Olag était apparu en haut du podium, Aïcha lui donnait le bras, ils descendirent lentement d'un pas égal entre les rangées d'invités et de photographes de presse, elle portait une djellaba vaporeuse en tulle de soie à demie transparente, ses longues jambes se devinaient à chaque pas, une échancrure profonde mettait en relief ses petits seins, sa chevelure bleu-nuit soigneusement peignée lui tombait souplement sur les reins, à son cou, un collier en platine et or gris avec deux lignes de diamants brillantés et une ligne de diamants baguette entremêlées brillait de mille feux, elle souriait le regard lointain, les flashes ininterrompus des appareils photos devenaient un festival pyrotechnique.

Carl Olag avait dessiné une djellaba à manches courtes, toute en tulle de soie blanche avec un petit capuchon en satin de soie brillante, soyeuse, des broderies mordorées agrémentaient le plastron, chacun des cents boutons alignés verticalement était une perle d'un blanc nacré, c'était une création unique en son genre, pourtant au passage du couple les applaudissements étaient restés assez réservés, certains invités trouvaient déplacé de mettre en lumière dans un événement médiatique un habit porté par certains musulmans extrémistes au cours de leurs attentats meurtriers.

Carl Olag s'attendait à cette réaction mitigée, on lui avait présenté les nombreux articles de presse écrits au lendemain de la parution de Paris-News, l'indignation de certains périodiques l'avait étonné et même outré lorsque l'un deux laissa entendre que cela avait été pensé pour s'attirer la sympathie des arabes fortunés et obtenir de leurs épouses des commandes de leur costume traditionnel.

Il avait décidé de répondre par la provocation en dessinant une djellaba haute couture, portée comme une robe du soir par son égérie lors de ce défilé d'automne.

Aïcha avait répété plusieurs fois cette descente avec un assistant de Carl, comment donner le bras d'un geste léger, comment régler son pas sur celui de son cavalier, comment regarder devant soi malgré les spots dirigés sur le visage, son aisance étonnait les mannequins expérimentés. Elle avait ensuite parlé avec chacune, avait demandé leur nom, leur pays d'origine, en deux heures elle avait conquis tout le monde, avait réalisé le prodige de ne pas être jalousée, en sortant de la loge au bras du couturier la coiffeuse cria « *courage Aïcha* ». Il en fallait, l'éclairage général de la salle s'était éteint, les spots puissants avaient été braqués sur eux, avaient suivi leur lente progression, Aïcha avait cherché discrètement Lawrence parmi les invités, elle ressentait soudain la fatigue de cette tension provoquée par ces événements tout à fait inconnus d'elle, sa main trembla légèrement sur le bras de Carl, il sentit cela, il posa sa main sur la sienne, se pencha vers elle, lui dit à l'oreille ce que personne ne pouvait entendre :

– C'est fini ma belle, tu as été formidable.

Ce petit aparté personnel fut photographié des centaines de fois, tout le monde se demandait ce qu'il lui avait dit. Au restaurant étoilé de l'Avenue Georges V, Carl Olag et Aïcha se présentèrent devant les grilles majestueuses la main dans la main, firent une pause devant une de créations florales de Jeff Leatham.

La tension montait parmi les femmes invitées, lesquelles auraient la grande satisfaction d'être assises aux côtés du couturier ?

Le couple se présenta devant la table d'honneur, le directeur de salle plaça Carl Olag debout au centre, face à la Cour de Marbre, sur un signe de tête du couturier il tira le fauteuil à sa gauche, Carl tendait la main vers le siège, invitait Aïcha à s'y asseoir.

Elle le fit en tremblant d'émotion, un murmure montait du groupe d'invités, cela ne s'était jamais vu pour un dîner aussi médiatisé, la deuxième surprise vint du choix de la voisine de droite, Inès de l'agence Aliteac fut appelée, puis vint le tour des directrices artistiques des magazines de mode et de certains financiers influents. Un actionnaire d'une maison d'édition, fringant quinquagénaire, se trouvait à la gauche de Aïcha. Le maquillage léger mettait en valeur son teint halé de jeune femme native du fief du Glaoui, ses yeux vastes et sombres donnaient une beauté immatérielle à son visage auquel la savante coiffure en chignon ce soir ajoutait une dignité étonnante pour son jeune âge. L'homme à son côté était subjugué, il négligeait sa voisine de l'autre côté, en hésitant il approcha sa main sous la nappe, la posa sur la cuisse de Aïcha, elle lui dit en souriant :

– Voyons, Monsieur, votre femme est en face de vous, retirez de suite votre main.

Il le fit en pensant que ses chances ne semblaient pas perdues le jour où sa femme serait absente.

Le menu était un délice de bout en bout, les Saint-Jacques au tarama givré avec coulis de litchi, la grouse d'Écosse avec foie gras et pâtes à la châtaigne, le croquant de pamplemousse, confit et cru, tous ces mets savoureux prenaient des couleurs subtiles sous le grand lustre en cristal.

Carl Olag se penchait souvent vers Aïcha, il avait appris qu'elle aimait l'histoire de l'art, il lui parlait des différents propriétaires de cet hôtel prestigieux victime du krach boursier de 1929, du banquier qui avait racheté et apporté des œuvres d'art remarquables, des tapisseries des Flandres, un Renoir, des meubles Boule, il murmurait en riant :

– Tu es un peu chez toi ici, ce sont des arabes qui sont maintenant propriétaires.

Elle souriait, plusieurs invités les observaient, se demandaient si Carl Olag était encore homosexuel.

Ils sortirent la main dans la main, des photographes et des badauds les attendaient,

Un peu à l'écart un cordon de police entourait des manifestants, des pancartes étaient levées sous les réverbères, des cris s'élevaient :

– Dehors les arabes.

Un homme réussit à passer entre les policiers, il courut, par dessus les photographes cracha en direction de Aïcha, il fut très vite maîtrisé, jeté à terre, matraqué.

161

Carl Olag avait entouré Aïcha de ses bras, s'était engouffré avec elle à l'arrière de sa Rolls-Royce, l'avait gardée contre lui, elle sanglotait, criait :

– Pourquoi, pourquoi ?

Elle était livide, son corps fut secoué de tremblements, elle s'abandonna la tête posée contre l'épaule de Carl :

– Ce n'est rien ma petite, n'aie pas peur, c'est fini.

Ils arrivèrent un jeudi en fin d'après-midi avec leur grue mobile sur camion, la fourgonnette contenait la nacelle, les bâches, les câbles, l'outillage nécessaire. Ils avaient consulté les prévisions météorologiques de la semaine et avaient choisi cette soirée pour son absence totale de vent. Les tirages de plans furent dépliés et épinglés sur des grands panneaux de contreplaqué posés sur des tréteaux, ils furent contrôlés par Hans-Dieter et Peter, tout était en ordre pour commencer l'habillage de la façade principale, l'emplacement du camion fut déterminé, les puissants vérins de stabilisation actionnés, les bâches et câbles appropriés furent chargés dans la nacelle, deux ouvriers y prirent place, le bras de la grue se déplia lentement jusqu'à l'étage, les projecteurs faisaient courir des ombres informes sur les reliefs de la façade.

Le premier cordage fut attaché à une balustre du balcon latéral, la toile noire fut tenue et déployée par les ouvriers pendant le lent déplacement de la nacelle, au fur et à mesure de celui-ci des lettres peintes en rouge fluorescent faisaient une à une leur apparition, à la fin de la mise place de la banderole le nom

Les loups du Sahel

choisi comme titre de l'exposition éclatait de présence sous le feu des puissants projecteurs. Toute la nuit les ouvriers complétèrent l'habillage des façades avec des toiles savamment déchirées qui illustraient bien ce que ces loups assoiffés de sang étaient capables de faire, des lambeaux de tissu pendaient à certains endroits, simulant le travail de leurs crocs pointus, les câbles noirs de fixation tendus en tous sens se superposaient, faisaient de l'ensemble un décor dramatique dont certaines parties se reflétaient sur le mur miroir de la galerie à côté de l'image de la Nana de Niki.

Au petit matin les premières voitures sur la route départementale ralentirent, s'arrêtaient parfois, les conducteurs interloqués sortaient de leur véhicule pour regarder cette insolite nouveauté dans le paysage calme du bord du lac.

Il démarra en trombe, le cameraman de la télévision eut un geste de recul, deux paparazzis avaient enfourché leurs motos et suivaient la voiture à distance, la circulation dense obligea Adrien à ralentir, il se fit répéter les instructions, en pensant avoir mal entendu « chez moi, Adrien », il ne pouvait croire cela, il était au service de Carl Olag depuis cinq ans, souvent des jeunes hommes et des adolescents aux visages efféminés s'étaient succédé pour un soir sur la banquette arrière à côté du couturier, jamais il n'avait vu une femme assise tout contre son patron, son bras gauche lui entourait les épaules, le silence intérieur de la voiture permettait d'entendre sa voix douce :

– Calme toi, ma petite.

Adrien ne pouvait s'empêcher de jeter de temps en temps un coup d'œil discret dans le rétroviseur.

Avenue Montaigne au n°.. il les aida à descendre de voiture, les accompagna jusqu'à la porte, les paparazzis mitraillaient le couple, certains passants curieux s'arrêtaient au milieu du trottoir.

Les lumières de la maison de couture étaient restées allumées, c'était une règle, Carl pouvait ainsi voir de sa garçonnière son 'Fil à fil Center', c'est ainsi qu'il appelait avec ironie sa maison de couture où les femmes célèbres du monde entier venaient s'habiller. Tout avait été remis en ordre après le défilé, ils prirent l'escalier, Aïcha avait du mal à gravir les marches tant elle se sentait faible tout à coup, elle prit encore une fois le bras de Carl :

– Pardon Monsieur, je ne me sens pas bien.

Il vit son visage pâle, la fit asseoir dans l'entrée :

– Ne bouge pas ma petite, je reviens.

Il lui apportait un verre vénitien à demi rempli avec un liquide ambré :

– Bois ma petite, ça va te faire du bien.

Malgré cette fatigue soudaine tombée sur elle l'idée l'effleura, et s'il avait ajouté du somnifère pour pouvoir faire de moi tout ce qu'il voulait, elle hésitait, il lui glissa le verre entre les lèvres, le liquide coula dans sa gorge, c'était onctueux, fort et épicé. Il la prit sous les aisselles, la fit entrer dans le loft qui lui servait de salon, de bureau, de chambre.

La télévision était restée allumée, des images défilaient, des torrents de boue en Asie qui avaient tout emporté sur leur passage, puis d'autres destructions provoquées par les islamistes, des temples millénaires et des arches ocres qui explosaient dans un nuage blanc en plein soleil. Le journal fut interrompu pour donner des images de dernière minute d'un incident raciste à Paris lors de la réception organisée par le couturier Carl Olag après son défilé d'automne, on voyait en gros plan, par dessus la haie des badauds et photographes, l'affreux visage déformé par la haine d'un homme qui crachait vers le couturier et le mannequin qui lui donnait la main, Aïcha gémit :

– Non, non, quelle horreur.

Elle leva les mains vers sa gorge, son geste fut court, un voile noir envahit ses yeux, elle glissa au sol, inconsciente. Carl Olag la porta sur son lit resté ouvert depuis le matin, il l'allongea, entreprit de déboutonner la djellaba pour qu'elle puisse respirer librement, cela prit du temps. Chaque perle nacrée était prise dans une boucle en fil, petit à petit les pans du vêtement s'écartaient, dévoilaient le corps alangui de Aïcha, ses petits seins, son ventre plat, son slip transparent, ses longues cuisses, elle fut dénudée au moment où elle ouvrait les yeux, Carl Olag était penché sur elle :

– Ça va mieux ma petite ?

Elle eut le réflexe de le repousser brutalement :

– Voyons Aïcha, tu n'as rien à craindre de moi.

Elle semblait ne pas comprendre, son regard était interrogateur :

– Je suis homosexuel, ma petite.

Il expliqua pourquoi elle était couchée nue dans ce lit, les détails qu'il lui donnait se voulaient rassurants :

– Tu es trop faible pour sortir, tu vas dormir ici, c'est plus prudent,

Il appela Adrien :

– Vous pouvez rentrer la voiture, Adrien, à demain.

Elle réalisa alors, son téléphone était resté à l'hôtel, elle ne pouvait appeler Simon pour lui raconter cette folle et incroyable journée, le rassurer aussi :

– Mais ce n'est pas possible, Monsieur, je dois…

Les recommandations de Lawrence lui revinrent en mémoire, il ne fallait pas révéler à Carl Olag l'existence de Simon. Elle avoua que son portable était resté à l'hôtel, elle lui demanda de bien vouloir téléphoner à Lawrence :

– S'il vous plaît, auriez vous cette gentillesse Monsieur, il doit prévenir ma tante très âgée, lui dire que je vais bien, qu'elle ne s'inquiète surtout pas, je suis en bonnes mains, on s'occupe de moi.

Carl Olag pensa, elle a un sacré culot ma petite égérie.

Personne n'avait jamais osé lui donner des instructions déguisées pour régler une affaire personnelle, il n'était pas certain que le prétexte invoqué soit exact, peu importait, le courage de Aïcha lui plaisait beaucoup, il lui tapota la joue :

– A vos ordres princesse, je vais vous faire aussi une boisson chaude.

Elle s'adossa aux coussins moelleux, le décor de la pièce était somptueux, chaleureux, de lourdes tentures aux motifs stylisés encadraient la porte d'entrée et la baie ouverte sur l'atelier, chaque détail du loft était une merveille d'invention raffinée, sur la dalle de verre du bureau design des esquisses étaient éparpillées, ici un flacon carré avec un bouchon rond, là une bouteille fermée par une sculpture de feuilles de palmiers, le nom OASIS du parfum était dessiné dans deux styles différents sur ce qui serait le verre, les traits de crayon à la mine de plomb étaient vifs, précis, d'une grande élégance.

Sur le mur au dessus du bureau, s'alignait une série de dix œuvres abstraites, sur certaines on pouvait voir des réminiscences figuratives, des vagues empreintes de bouteilles et flacons saisis avec délicatesse et poésie, elle était fascinée, se penchait pour lire la signature - Julius Bissier.

– Cela te plaît ma petite ?

Il était derrière elle, un plateau à la main, elle s'était tournée, elle avait oublié sa nudité, ses yeux vastes avaient les mêmes couleurs de sable blond et de terre de sienne brûlée que certaines taches diaphanes posées sur les feuilles de papier Canson :

– Cela ressemble à des aquarelles mais leur transparence est plus profonde et mystérieuse, il émane de chaque tableau une grande richesse sereine, pourtant, Monsieur, vous ne trouvez pas que la signature tremblée donne l'impression d'avoir été traversée par une grande souffrance.

La même interrogation s'était imposée à lui lorsqu'il avait découvert cet artiste à la galerie Alice Pauli de Lausanne. Cette perception immédiate de la souffrance du peintre lui semblait très surprenante de la part d'une fille aussi jeune, l'idée l'effleura, elle a peut-être déjà vécu des moments douloureux pour ressentir ainsi, d'une manière instinctive, le malheur des autres.

Il ne put s'empêcher, malgré lui, de demander :

– Aurais-tu Aïcha des raisons de percevoir ainsi la douleur des autres ?

Elle tourna la tête plusieurs fois de gauche à droite avec vivacité sans lui répondre, pourtant ses yeux avaient pris la transparence de l'eau d'un lac tranquille.

Alors il sut, il avait pensé juste :

– Pardonne-moi ma petite.

Ce fut comme une brise légère venue de son enfance, il se revoyait embrassant tendrement sa maman avant son départ pour l'étranger. Depuis cette date il n'avait jamais ressenti le désir de poser ses lèvres sur une peau féminine, il regardait Aïcha avec stupeur, pour la première fois depuis vingt deux ans il éprouvait un sentiment qu'il n'avait jamais connu avec une femme, le plaisir d'être avec elle, de l'écouter, de lui parler.

Il se dit, quelle chance d'avoir trouvé cette ambassadrice de ma maison de couture, il se pencha vers elle pour déposer un baiser furtif sur sa joue, elle fut étonnée, ne comprit pas la raison.

Elle avait regagné le lit, s'y était assise le dos contre les coussins, elle buvait, se brûlait la langue, elle écoutait Carl Olag lui raconter en termes délicats ses premiers émois à douze ans avec un jeune voisin de son âge.

De tout cela en fait elle n'avait pas entendu grand-chose, elle s'était endormie assez rapidement, son corps avait doucement basculé, s'était abandonné d'un mouvement lent, sa tête légèrement renversée restait tournée vers lui, sa somptueuse chevelure chevauchait fièrement les oreillers, ses lèvres ourlées s'étaient entrouvertes et semblaient s'offrir dans un geste de totale innocence. Il fut saisi par tant de beauté sereine et sensuelle, c'était exactement cette image dont il rêvait

171

pour la publicité de son nouveau parfum, il s'était levé avec précaution, avait mémorisé ce moment rare avec son iPad :

– Merci ma petite, avait-il dit tout bas.

Puis d'un geste tendre il avait remonté le drap de satin jusqu'à ses épaules dénudées. Il était deux heures trente du matin, il avait regagné son appartement au troisième étage, il était si impatient de montrer la photo de Aïcha, il avait réveillé son compagnon :

– Comment trouves-tu cette photo ?

Jacques prit son temps pour regarder le cliché :

– Superbe, la fille est magnétique, si, je t'assure.

Carl lui avait alors décrit sa soirée avec Aïcha, avait résumé son long monologue débité face à la belle endormie. Il n'avait soufflé mot de cette surprenante tendresse qu'il éprouvait pour elle ni des projets fous que ce sentiment faisait naître.

Il se mit à trembler, ce fut en premier sa main droite qui tenait le carton, puis le bras, enfin tout son corps malingre, devenu la proie de frissons, comme saisi d'une fièvre sauvage et brutale, de celles qu'on attrape dans les tropiques, il fut obligé de s'asseoir, il se laissa tomber sur la chaise paillée dont le dossier touchait presque la grande porte fermée de la galerie, il se trouvait de ce fait assis face au tableau, parmi les cinq qu'ils avaient choisi de présenter à l'entrée de l'exposition, il relit une fois encore le texte que Hans-Dieter avait fait imprimer en trois langues, allemand, anglais, français, sur un carton beige qui devait être fixé à droite de l'œuvre, à hauteur des yeux, pour une meilleure lisibilité.

Peter jetait un regard hébété sur les taches qu'un spot directionnel mettait bien en valeur, chacune à sa juste place, la grande grise, tel un nuage de fumée qui enveloppait des traces noires hachées, éparpillées, des silhouettes informes devenues en une fraction de seconde les victimes innocentes d'une place animée d'un marché, aussi quelques structures métalliques tordues, des fragments à peine identifiables de carcasses éparpillées qui furent un jour des véhicules, et puis cette petite tache blanche allongée, bien posée au milieu, constellée, éclaboussée de taches rouges, avec au-dessous de celles-ci, presque collés à elles, des lambeaux de papiers blancs transparents en grande partie déchirés sous lesquels on lisait

Pour lui faire plaisir en rentrant de l'école, j'avais mis ma petite robe blanche plissée, celle que maman adore, et lorsque j'arrive, j'adore qu'elle me serre dans ses bras et me dise tout bas dans le creux de l'oreille: tu es belle ma chérie. Je m'appelle Agnès, je suis morte déchiquetée par une bombe à 7 ans, 3 mois, 11 jours, à Bagdad.

Ce fut un homme au visage défait que Hans-Dieter découvrit en arrivant au bas de l'escalier hélicoïdal, un homme prostré sur sa chaise, il ne se leva pas, sa voix était à peine audible :

– Vous croyez vraiment qu'on a le droit Hans ?

Hans-Dieter se pencha, se contenta de poser sa main sur l'épaule de Peter puis disparut dans le bureau central, revint avec une chaise, deux verres, une bouteille de pur malt, le liquide jaune paille coula :

– Buvez Peter, vous en avez besoin,

Il s'assit face à lui, alluma un cigare, ôta son panama, le posa sur ses genoux et seulement alors demanda :

– Le droit de quoi, Peter, dites-moi.

Dans le silence nocturne, la cloche de l'église du village proche mesurait le temps qui passait, il ne restait que trois heures avant le lever du jour mais Hans-Dieter attendait patiemment, le cigare entre les lèvres, que son directeur arrive à prendre ses distances avec cette détresse perceptible encore sur son visage, cela dura un long moment, enfin Peter lui précisa :

– Le droit de provoquer la douleur, Hans, imaginez ces visiteurs qui ont perdu un membre de leur famille, un père, une maman, un mari, une épouse, une fille ou un fils, petit ou grand.

Peter s'était redressé, il parlait lentement, chaque intonation portait en elle une grande tristesse.

– Oui, imaginez le choc et le désarroi d'un parent à la lecture de ces paroles terribles que la victime lui adresse à la première personne en le replongeant dans le présent, alors que peut-être le temps passé depuis l'événement avait déjà fait son travail salutaire, avait affaibli la souffrance absolue, sauf le respect que je vous porte, vous n'avez, pardon, nous n'avons pas le droit, Hans, de provoquer cette souffrance, vous ne croyez pas ?

Un long silence se posa entre les deux hommes. Hans-Dieter s'était recoiffé, sous le large rebord de son Panama, son regard avait cette tendresse que les pères attentifs éprouvent lorsqu'ils sont confrontés à la douloureuse sensibilité de leur fils :

– Vous le savez, Peter, cette exposition est pour moi un cri d'alerte, une mise en garde des dangers que court notre civilisation, votre question purement affective est trop grave pour que j'y réponde de suite... laissez-moi y réfléchir.

Dos voûté, penché sur le journal, la respiration bloquée pour ne pas trembler, Ibrahim avait pris plusieurs photographies avec son iPhone de la quatrième page du Süddeutsche Zeitung posé à plat sur la table du salon, la silhouette du manoir habillé partiellement de lambeaux de bâche noire encadrant la banderole Les loups du Sahel était placée au centre d'une affiche publicitaire sur laquelle on pouvait lire en partie basse

Musée von Back

Exposition du 15 octobre au 30 novembre 2016

5 témoignages de barbarie d'un peintre inconnu

Pendant les trois jours qui avaient précédé cette publication la stupeur et les interrogations avaient alimenté toutes les conversations dans la petite ville et les bourgs alentour.

177

La présence devenue insolite et inquiétante de cette propriété très connue du bord du lac avait attiré des centaines de véhicules, ils s'arrêtaient, parfois stationnaient au bord de la nationale malgré les panneaux d'interdiction, certains passagers sortaient des véhicules, traversaient la route pour prendre des photographies depuis la grille du parc, elle était close, un écriteau métallique y était accroché avec cette inscription

- La galerie est fermée -

L'office de tourisme avait été assailli de questions sans réponses possibles, personne jusqu'à ce jour ne savait pourquoi, ni jusqu'à quand, le téléphone de Monsieur von Back restait muet, le sujet des conversations sur les lieux de travail et dans les restaurants revenait toujours sur ce mystère.

Le nom Sahel avait fait l'objet de recherches sur Internet, pour beaucoup ce nom évoquait un vaste territoire lointain, ensoleillé, le Sahara, le désert. Mais pourquoi les loups avec ces grands lambeaux de bâches noires qui défiguraient le paysage ?

A l'Auberge du grand cerf, Yasmine pouvait saisir des bribes de phrases, des réflexions et des avis, elle les écoutait discrètement.

Elle les gardait en mémoire pour en parler le soir avec Ibrahim.

Eux avaient compris, ils faisaient partie de cette horde de loups décidée à envahir et saccager le monde, et aujourd'hui le terme barbarie, écrit en gras dans le journal et sur les affiches placardées dans toute la ville, avait conforté leur sentiment. Le temps était venu de préparer une réponse spectaculaire à ces agressions verbales des mécréants et à la future exposition annoncée. Cette semaine là, Ibrahim ne travaillait pas à l'entrepôt des engrais, il était allé rencontrer un imam à Munich pour définir le type d'action de représailles à choisir, pour mettre au point tous les détails de celle-ci, ils furent d'accord. En rentrant, Ibrahim rédigea le message qu'il envoya le soir à son frère Dogan en Turquie. Il utilisa le langage codé, mis au point par l'intellectuel de la cellule berlinoise, professeur de littérature jusqu'à sa radicalisation.

« Le ciel des impies de B* deviendra au mois d'octobre prochain couleur de cendres, l'heure est aussi venue que le jeune vautour prenne son envol »

C'était volontairement mystérieux car le message pouvait être intercepté, le i Phone volé ou perdu.

Les initiés savaient, la première phrase signifiait l'annonce d'une explosion dont les fumées noires monteraient jusqu'au ciel, la seconde phrase enjoignait Dogan, le vautour, à le rejoindre, à quitter son village de Harran, près de Akçakale à la frontière turque, où le

179

passeur Jasim l'emmenait régulièrement de l'autre côté, à Tell Abiad en Syrie, pour parfaire dans la région sa formation de combattant.

Ainsi Ibrahim avait décidé, peu importait que la femme de son frère ait accouché la veille, il avait besoin de lui pour mener à bien son plan maléfique.

– Il faut que tu prépares la chambre pour Dogan, dit-il à sa femme.

Puis il descendit à la cave pour travailler à la préparation des explosifs et des ceintures.

– Vous devez vous reposer Peter, tenez, prenez la clef, allez vous allonger dans une des chambres à l'étage, je vais téléphoner de suite à votre femme.

Peter se leva sans protester, Hans-Dieter le regardait avec inquiétude s'éloigner d'un pas pesant, gravir avec difficulté les marches de l'escalier hélicoïdal, la main sur la rampe en inox, lorsque ses pas à l'étage devinrent lointains, Hans-Dieter se baissa pour ramasser le petit carton du premier tableau que Peter avait laissé tomber, il le contempla longuement, hésita, le glissa dans le cadre noir à l'emplacement prévu puis gagna la deuxième salle dans laquelle le second tableau était fixé au centre d'une cloison enduite d'une colle blanche épaisse sur laquelle des cendres grises avaient été projetées.

La dominante de l'œuvre était un gris neutre léger, vaporeux comme un nuage de fumée troué par un trait noir vigoureux dont l'extrémité rougeâtre et orange faisait vibrer une masse noire rectangulaire éclatée en deux morceaux verticaux semblables à des tours d'immeubles dont les bords supérieurs étaient déchiquetés, entre ceux-ci avait été collé un tissu transparent sous lequel on déchiffrait avec peine des caractères écrits d'une main tremblante

Bonjour, je lisais le message de ma fiancée: n'oublie pas que tes parents viennent dîner ce soir, ne rentre pas trop tard mon chéri, si tu peux. Mon nom est Ronald D*, je suis mort fracassé à 20 ans à New York le 11 septembre 2001.

Hans-Dieter glissa le carton dans le cadre, puis rejoignit la salle suivante, elle avait la même dimension que les autres car toutes les victimes, disait-il, connues ou non des médias, ont droit au même hommage, la petite fille de Bagdad comme les journalistes, américains ou japonais.

La superficie importante de la galerie l'avait permis, des cloisons séparatives avaient été montées, elles délimitaient cinq salles de dimension moyenne, dans chacune d'elle un seul tableau y était superbement mis en valeur sous le feu de projecteurs directionnels.

En face de celui-ci des banquettes vêtues de cuir fauve pouvaient accueillir une dizaine de visiteurs, des caméras dans chaque angle clignotaient. La troisième salle était blanche, un blanc de craie sur lequel le tableau aux couleurs vives avait un aspect presque printanier, la partie supérieure était couverte d'un bleu de ciel azur peint en glacis transparent, il cernait un disque orange éclatant dont on retrouvait la même couleur atténuée en partie basse de l'œuvre sur un tissu en coton grossier de forme allongée, horizontale, collée bizarrement, une extrémité était coupée en biais d'un long trait rageur, rouge de cadmium vif

Il soufflait comme un porc en aiguisant le couteau, mon nom est James F*, je suis mort décapité à 40 ans, sept mois dix neufs jours.

Hans-Dieter, accablé, s'assit un court instant dans la salle n°4 pour téléphoner à l'épouse de Pieter :

– Non, Helgard, ne vous inquiétez pas, c'est juste une fatigue passagère, je vous assure.

Le tableau suivant devant lui surprenait par sa singularité, des parties laissaient voir le support en papier, façon parchemin, couvert d'un bleu indigo profond sur lequel des caractères dorés étaient collés en désordre, donnant l'impression de silhouettes courant en tous sens autour d'un assemblage de traits noirs de pinceau faisant penser à la carcasse d'un autobus calciné, dans le coin le texte était bien lisible

Je contemplais émerveillée un coran aux pages bleues dont le message est beau et très émouvant «tirer les hommes des ténèbres vers la lumière», je suis morte à 52 ans en visitant le musée du Bardo, transpercée par une rafale dans le dos.

Hans-Dieter était à la fois bouleversé et séduit par l'esprit de synthèse du peintre inconnu, en deux phrases celui-ci avait résumé la contradiction entre le message de Mahomet et les actions des fidèles sanguinaires qui se réclamaient de lui.

Face à la porte de la dernière salle, le mur était en partie recouvert d'une terre sombre mélangée à de la colle, en plusieurs endroits des morceaux de pierre maculés de boue avaient été ajoutés, retenus par un filet à petites mailles cloué sur le support, la surprise en entrant venait de la mise en scène, de l'accrochage du tableau, posé incliné légèrement au centre de la cloison avec à sa gauche, presque contre le cadre, une pelle rouillée qui pendait suspendue à un clou, le bois du manche portait plusieurs traces rougeâtres légèrement écaillées, probablement de mains ensanglantées. Le fond du tableau était couleur terre de sienne naturelle, un mélange de colle et de crépi qui rendait la texture granitée, un cercle de teinte brune avait été tracé avec un spalter extra-large, il était surmonté de dix sept empreintes noires placées côte à côte telles des silhouettes, au centre de ce cercle on lisait en penchant la tête

Mon nom est Shayma, je fais partie de la communauté Yesidi massacrée à Sinjar, je suis morte à 16 ans, violée dix sept fois avant d'être enterrée vivante.

L'horreur mêlée à une rage froide l'obligèrent à s'asseoir, son regard naviguait du tableau au carton dans sa main, les traductions en trois langues, l'une sous l'autre en caractères bien lisibles renforçaient les sentiments d'écœurement et d'impuissance qui naissaient à leur lecture.

Pour la première fois, maintenant que l'exposition était mise en place, Hans-Dieter von Back s'identifia à un visiteur anonyme, assis comme lui, découvrant avec horreur les tableaux et les écrits sans y avoir été préparé, la question de Pieter lui vint en mémoire

« Avons-nous le droit ? »

Aïcha fut réveillée par les bavardages et les éclats de rire des petites mains, elle mit un certain à réaliser où elle se trouvait, les rideaux devant la baie donnant sur l'atelier de couture avaient été tirés, plongeant la pièce dans une lumière douce, petit à petit les images de la veille firent surface, à côté du lit un tabouret avait été déplacé, son téléphone et une lettre ouverte étaient posés sur ses habits personnels parfaitement pliés.

« Bonjour ma petite, j'ai pris la liberté d'envoyer Adrien prendre tes vêtements à l'hôtel afin que tu puisses partir directement à l'aéroport, Adrien sera à 10h en bas pour t'y emmener, la porte de la salle de bains est derrière le grand paravent chinois, n'oublie pas de téléphoner à ta vieille tante pour lui dire que tu es en bonnes mains. Carl »

Elle se souvint de ses paroles la veille, pensa avec embarras, il n'est pas dupe mais il a de l'humour. Elle se leva et sans réfléchir ouvrit les rideaux.

Une jeune couturière dans l'atelier en bas levait la tête à ce moment là, sa bouche s'ouvrit grande, ses yeux bleus avaient pu fixer une fraction de seconde le corps nu de Aïcha, disparu très vite, elle pensa avoir été victime d'une hallucination, elle parlait à sa voisine :

– Tu crois que c'est possible ?

Elles avaient parfois entrevu des jeunes hommes dans l'encadrement de la baie, elles pensaient alors quel gâchis, quel dommage pour nous. A la pause du déjeuner elles riaient comme des petites folles « avec celui-là je me serais volontiers laissée faire » disait l'une « moi je préfère le blond basané aux cheveux longs du mois dernier » roucoulait l'autre. Mais jamais, non jamais, elles n'avaient vu une femme là haut.

Elles parlaient à voix feutrée, surtout ne rien dire à personne, même si c'était une frustration de ne pas pouvoir se rendre intéressante aux yeux de la famille ou du dernier petit copain.

Elles réalisaient que dévoiler cela pouvait leur coûter leurs places dont elles étaient si fières qu'elles aimaient préciser « nous travaillons non pas...pour, mais...avec Carl Olag ».

Le regard médusé de la midinette sur sa nudité rendait Aïcha mal à l'aise, quelle stupidité de ma part se disait-elle, tout le monde va savoir que j'ai passé la nuit dans la garçonnière de Carl Olag,

Elle resta très longtemps sous l'eau brûlante, le gel avait des senteurs florales, la serviette de bains était douce et parfumée. En se retournant elle découvrit un papier scotché sur le grand cadre doré vénitien du miroir : la machine expresso, les croissants, les confitures sont derrière les portes persiennes, bon déjeuner . Toutes ces attentions délicates la troublaient, elle ne s'expliquait pas cette affection soudaine pour elle, elle téléphona à Simon pour l'embrasser, elle eut sa voix douce sur le répondeur, plus tard son portable sonna, Lawrence voulait savoir où elle était, il lui expliqua où et comment se retrouver à l'aéroport. La pendulette au mur affichait 9h45, elle s'habilla rapidement, remit tout en ordre dans la pièce, détacha une feuille du bloc-notes de bureau

« Monsieur, la petite berbère vous remercie avec émotion, respectueusement vôtre, Aïcha ».

Elle ferma les rideaux vers l'atelier. Adrien l'attendait :

– Mademoiselle a passé une bonne nuit ?

Il lui ouvrit la porte arrière de la voiture :

– Vous préférez que je prenne les quais ou que je traverse la ville ?

– Ce doit être beau au bord de l'eau, dit-elle

Il prit par les berges de Seine, s'amusait de voir Aïcha naviguer sur la banquette arrière pour tout voir, à droite, à gauche, en même temps elle l'interrogeait :

– Depuis quand travaillez-vous pour Monsieur Olag, vous êtes marié, vous avez des enfants ?

Adrien était sous le charme, il lui donnait des explications sur les lieux traversés, sur les façades entrevues, en arrivant à l'autoroute du soleil, il prit le journal sur le siège passager, le tendit à Aïcha par dessus son épaule :

– Regardez Mademoiselle, on parle beaucoup de vous ce matin,

« Manifestation arabophobe avenue Georges V » relatait avec détails l'agression de la veille dont le couturier Carl Olag et son mannequin vêtu en djellaba blanche avaient été victimes, plusieurs photographies illustraient aussi quelques moments de la soirée offerte après le défilé, lorsqu'ils étaient arrivés au restaurant, la main dans la main, puis assis souriants à table, côte à côte, il était penché vers elle en lui parlant à l'oreille, ensuite sortant du palace, son bras passé autour de ses épaules pour la protéger de son agresseur, puis ce cliché les montrant s'engouffrant tous les deux, collés étroitement l'un à l'autre, à l'arrière d'une berline dont le chauffeur leur tenait la portière ouverte.

Adrien sursauta, Aïcha avait tout à coup hurlé :

– C'est honteux, c'est scandaleux d'oser montrer..

Furieuse, elle avait jeté le journal à ses pieds, elle n'ose pas ajouter ces mots qu'une soudaine panique lui met en tête :

– Mais que va imaginer mon Simon !

Elle se maîtrise, d'une voix calme questionne :

– Mais que vont penser les gens, Adrien ?

Lui ne comprend pas, il pensait qu'elle serait honorée et heureuse d'être ainsi associée à la notoriété de son patron, il sait bien que son statut de chauffeur ne l'autorise pas à donner son sentiment personnel :

– Vous savez, Mademoiselle, les journalistes sont là pour rendre compte de tout...

A Orly il la regarde longuement s'éloigner d'une démarche féline, sa chevelure bleu-nuit balance juste au dessus de ses reins.

Sa silhouette gracile illumine l'espace de métal et de verre, les gens se retournent, un homme l'attend devant les portes. Il tient serré sous son bras un sac en plastique noir.

Les panneaux affichaient - vol Nice 1h de retard

Ils décidèrent de s'asseoir pour boire un café. Lawrence avait ouvert le sac noir en plastique dans lequel il avait rangé pêle-mêle les journaux et les magazines people, il les posait sur la table, lisait les éloges unanimes de la presse, elle l'écoutait distraitement en pensant à Simon, elle s'imaginait cette nuit dans ses bras, enlacés face à la mer.

Le personnel du snack la dévisageait, plusieurs consommateurs l'avaient reconnue, se levaient pour la photographier, une voix fluette dans son dos demanda :

– C'est qui Maman ?

Elle se retourna :

– Mon nom est Aïcha, et toi, comment t'appelles-tu ? Élodie, c'est bien joli.

Elle lui souriait, le portable de Lawrence sonna, le monologue fut très bref, il se pencha vers elle :

– On ne rentre plus, nous partons d'ici pour Marrakech demain à 6h40 avec Royal Air Maroc.

Elle se leva brusquement :

– C'est hors de question.

La petite fille effrayée se mit à pleurer, des gens s'arrêtaient dans l'allée, une vieille femme dit assez haut pour être entendue de tous :

– Quelle jeunesse !!

Lawrence avait pressenti la réaction de Aïcha, il avait fait un calcul rapide, cela lui semblait jouable :

– S'il te plaît Aïcha, assieds- toi, j'ai une idée.

Il avait suggéré que Simon prenne le prochain avion à Nice, on pourrait retenir des chambres ici.

– Qu'en penses-tu Aïcha ?

Ses yeux avaient brillé d'espoir. Il appela Simon, expliqua la décision imprévue de Carl Olag :

– Bien sûr, si tout se passe bien, j'arriverai avec EasyJet à 20h25.

Lawrence réserva une double et une single au Hilton. Ils prirent la navette de l'hôtel, décidèrent de se retrouver le lendemain, oui, il préférait les laisser dîner en amoureux, il reçut un long baiser de remerciement sur la joue.

Aïcha ne pouvait dissimuler sa nervosité.

Dogan Dögulu prit son bébé dans les bras et le regarda longuement, il attendait cet instant béni depuis six ans :

– Il est beau ton fils n'est ce pas, lui dit Nazli.

Ses traits tirés par un long accouchement difficile s'illuminaient, elle attendait un geste affectueux, un mot tendre et réconfortant, il lui annonça brutalement :

– Je vais à Munich, Ibrahim m'attend.

Elle remarqua alors le sac de voyage posé aux pieds de son mari, ainsi il allait partir de suite, la laisser seule avec l'enfant, un long frisson courut sur sa peau :

– Tu resteras chez ta sœur, j'ai tout arrangé, je lui ai donné l'argent pour toi et le petit, ne m'appelle pas sur le portable, si des étrangers de la famille te posent des questions, tu ne sais pas où je suis parti.

Sur le pas de la porte il se retourna, il n'était pas sûr de pouvoir revoir un jour sa femme, il leva la main :

– Au revoir Nazli.

Elle cria :

– Mais Dogan tu…

La pétarade de la moto déchira le silence matinal, la suite de la phrase resta au fond de sa gorge, rejoignit tous les mots que sa condition de femme turque lui interdisait de dire, le petit se mit à pleurer, elle se pencha, le prit tendrement contre son sein, tourna la tête vers le mur et sanglota, plus longtemps que d'habitude.

Dogan quitta la ville nouvelle, il prit la direction de la cité antique, là où subsistaient encore des vestiges médiévaux. Il avait toujours aimé y flâner, y éprouver de fortes émotions instinctives, primitives disait son frère Ibrahim, l'intellectuel capable de captiver un auditoire avec ses discours sur l'histoire de la Mésopotamie.

Il laissa sa moto adossée à une colonne tronquée, s'arrêta devant la tour polygonale du château, puis déambula sous les voûtes des salles ouvertes, prêtes à s'effondrer, fit une courte pose devant la porte ouvragée, seul vestige avec l'insolite minaret carré, de la grande mosquée du huitième siècle, mais ce qu'il voulait voir c'était ces constructions typiques faîtes de pierres et d'argiles, surmontées de coupoles inversées en forme de termitières. Enfant, il venait y jouer ou conduire les bestiaux pour la nuit.

Il avait souvent dormi sur les lits en bois ou métal, placés surélevés sur les pavés des cours intérieures, on y accédait par une étroite échelle, on profitait de la relative fraîcheur de la nuit, au petit matin le soleil perçait les paupières, la chaleur obligeait à repousser les couvertures, on se rafraîchissait à l'eau de la fontaine, venue de l'Euphrate, on allait jouer avec les copains, c'était déjà très loin tout cela.

Dogan s'assit sur l'une des lourdes pierres circulaires en granit posées au sol, les jours heureux lui revenaient en mémoire, tout avait basculé lorsque Ibrahim avait décidé de le convertir, et parce qu'on doit obéissance au frère aîné lorsque le père n'est plus de ce monde, il le fit, il avait peu à peu perdu son innocence, il suivait régulièrement des cours de l'autre côté de la frontière pour pouvoir un jour, au péril de sa vie, exterminer les infidèles.

Maintenant l'heure était venue de quitter ces lieux que certainement il ne reverrait jamais, il sortit de la poche intérieure de son blouson l'enveloppe qu'il avait reçue par la poste, elle contenait un seul billet, un aller simple de Ankara à Munich.

Il relut les précisions données pour son parcours, enfourcha sa vieille moto, ajusta son casque et s'engagea sur la route poussiéreuse en direction de Mersin où il devait dormir chez un djihadiste.

Il lui faudrait partir très tôt le lendemain matin pour être à quatorze heures trente à Ankara où un frère d'armes des camps en Syrie viendrait prendre sa moto et lui expliquer en détails comment se comporter lorsqu'il serait seul après les contrôles, c'était la première fois qu'il prenait l'avion.

A l'aéroport Franz-Josef Strauss de Munich, son frère Ibrahim y serait pour l'accueillir.

Cela avait commencé à midi lorsqu'elle partait déjeuner, Carl Olag était dans le hall, hirsute, pas rasé, fébrile :

– Suivez-moi Chloé, c'est urgent.

Dans son bureau il avait annoncé en marchant :

– Voilà, j'ai consulté la météo, nous partons demain au Maroc pour les prises de vue, nous resterons seulement trois jours sur place, il s'était retourné : je sais, je sais, débrouillez vous de tout, l'hôtel, l'avion pour Marrakech, prévenez Inès, Andy, Daphné, j'ai déjà informé Lawrence et Aïcha, n'oubliez pas le flacon OASIS.

Il est devenu dingue, pensa-t-elle :

– Cela me semble irréalisable pour demain Carl, les billets d'avion, les chambres dans un hôtel de luxe. L'agence Aliteac a certainement des rendez-vous, vous-même en avait un je crois.

Il lui coupa la parole :

– Il suffit de reporter tous les rendez-vous..

Elle essaya encore :

– Pourquoi cette urgence Carl ?

Cela faisait quatre ans qu'elle était devenue son bras droit, ils discutaient toujours des décisions autres que celles relatives à la création artistique, il tenait habituellement compte de ses objections, mais ce matin-là, elle lut sur son visage fatigué une grande contrariété, sa réponse arriva, brutale :

– Aurais-je maintenant des comptes à rendre ?

Il se reprit :

– Pardon Chloé, vous ne pouvez pas comprendre.

Comment lui expliquer ce qui lui était arrivé cette nuit avec Aïcha, allongée nue dans son lit, dans sa garçonnière, lui assis dans le fauteuil très près d'elle, lui parlant longtemps comme il ne l'avait jamais fait avec une femme, lui disant tout ce qu'il n'avait jamais pu révéler et confesser à sa mère, ses penchants homosexuels, ses fréquentes séances de masturbation dans le grenier avec le petit voisin.

Chloé avait informé son assistant Jean-Paul :

– Il est devenu obsédé, j'avoue ne plus comprendre. Elle lui donna les noms des participants.

– Tu les appelles en premier, ils doivent te scanner leur passeport pour que tu réserves les billets en classe business, tu loues un mini-bus avec chauffeur de Marrakech à Ouarzazate aller-retour plus trois jours sur place, tu vérifies avec Andy le matériel nécessaire pour les photos, je m'occupe de l'hôtel et du flacon.

En sortant de la pièce Jean-Paul croisa la secrétaire. Elle posa le journal du matin ouvert sur le bureau de Chloé. Sur la photo prise par un paparazzi la veille on voyait un couple de dos entrer au n°.. d'un immeuble cossu, l'homme entourait de son bras les épaules d'une femme mince dont la robe blanche étincelait sous l'éclair du flash, le texte précisait

« Après l'incident raciste survenu hier Avenue Montaigne, le couturier Carl Olag a recueilli chez lui la toute jeune et jolie berbère Aïcha ».

Chloé se penchait sur le journal, c'était bien eux, maintenant l'explication de ce voyage précipité était là sous ses yeux, malgré tout elle doutait... son boss avec une femme ! Elle éprouva un étrange sentiment en imaginant Aïcha dans les bras de Carl, elle pensa, serais-je devenue jalouse ?

Elle appela leur agence de voyages, il fallait pour le lendemain un hôtel luxueux à Ouarzazate, sept chambres et une suite, pour trois nuits.

Elle téléphona au fournisseur du flacon :

– La sculpture du capot sera terminée demain soir, lui dit-on :

– Non, désolée ce doit être livré avant minuit ce soir.

– Mais Madame…

– Je regrette, c'est une exigence de Monsieur Olag,

L'agence avait trouvé une Luxury Guest House qui avait seulement sept chambres mais deux étaient déjà réservées aux dates demandées :

– Précisez leur que c'est pour le couturier Carl Olag et son équipe, il y aura des photographes, des articles de presse, une belle publicité pour eux, suggérez leur de trouver un prétexte pour reloger les deux clients dans un autre hôtel de luxe, nous paierons l'indemnisation s'il le faut, donnez moi le nom, je regarde et vous rappelle.

Il s'appelait Le Temple*, la brochure du site donnait tout son sens au nom choisi, Chloé était persuadée que la décoration somptueuse séduirait Carl, c'était inutile de le consulter, elle confirma de privatiser l'hôtel, elle s'y voyait déjà pendant trois jours dans l'intimité de Aïcha.

Il était cinq heures du matin, Ibrahim et Dogan attendaient dans l'obscurité devant la gare de Feldafing en Bavière la livraison de la voiture, une BMW3 Touring identique à l'un des modèles encore utilisés par la police allemande, elle avait été achetée à Leipzig. L'année de sa première mise en circulation et son kilométrage élevé n'avaient aucune importance compte tenu de son utilisation finale, les critères de sélection retenus et exigés par la cellule islamiste du quartier Wedding de Berlin avaient été la couleur gris clair métallisé, l'absence de coups et rayures profondes, son faible prix. Le véhicule avait été payé et assuré par une jeune étudiante allemande radicalisée, c'est elle qui avait la charge de livrer la voiture à Feldafing lorsqu'il faisait encore nuit, il était prévu qu'elle regagne Berlin par le train de 6h28.

Elle avait pris du retard à cause de travaux à Ulm, elle laissa le moteur tourner, leur remit les papiers sans un mot, s'éloigna d'un pas décidé, silhouette vite disparue dans la nuit, le train s'annonçait, ils prirent place dans la BMW, dix minutes plus tard ils garaient celle-ci sous les tôles ondulées de l'appentis, le vieux tracteur avait été sorti avec difficulté la veille, les premières lueurs de l'aube se faufilaient au travers des ramures de la forêt environnante, Yasmine avait préparé un copieux petit déjeuner, elle écoutait parler les deux frères, ils gardaient de la fille de Berlin l'image entrevue d'un visage émacié, sans charme, tout s'était passé au mieux, ils n'avaient rencontré aucun véhicule, personne ne pouvait avoir connaissance de cette voiture à l'abri maintenant dans le Petit Nid.

Ils se rendirent à l'appentis dès que les lumières du jour permettaient de travailler sans allumer la baladeuse reliée par un long câble à la maison, ils voulaient éviter qu'un paysan traversant la forêt à l'aube puisse s'étonner d'une lumière à cet endroit, ils sortirent les gabarits, les lettres adhésives, les pots de peinture, les pistolets à peindre.

Elle avait une triste mine au petit matin, ses cheveux avaient été noués en désordre derrière la nuque. Des délicats cernes bistres soulignaient son regard absent, à l'évidence la nuit avait été courte. Assis face à elle dans la navette de l'hôtel Hilton, Lawrence la regardait lutter contre le sommeil. Toute l'équipe était réunie au point de rencontre, Carl Olag arborait une de ses tenues favorites, un mélange très sophistiqué de voiles de coton multicolores qui venaient frôler à chaque pas ses chevilles et ses célèbres sandales en léopard, ses longs doigts couverts de bagues dessinaient dans l'air des figures animées. Dès l'apparition de Aïcha il cessa son entretien et lui tendit les bras d'un geste théâtral :

— On vous attendait ma princesse, je vous trouve l'air fatigué.

Les deux places encore libres en classe affaires avaient été réservées pour le couturier et Aïcha, elle était intimidée par le luxe de cet espace, elle fut surprise de recevoir un journal aux caractères arabes mais ne l'ouvrit pas, elle refusa le drink :

– Pardonnez-moi Monsieur, je dois dormir.

Elle se pelotonna dans le fauteuil et s'endormit lorsque le Boeing 737 se positionnait en attente devant la piste principale. Au moment du décollage elle entrouvrit les yeux, frissonna, Carl Olag posa sa main sur la sienne. Dès que l'avion atteignit l'altitude de croisière, il réclama une couverture et la posa sur elle avec délicatesse et une certaine maladresse, c'était la deuxième fois de sa vie qu'il éprouvait du plaisir à prendre soin d'une femme, à contempler son visage serein tourné vers lui. Parfois sous les paupières baissées les globes de ses yeux s'agitaient, une esquisse de sourire flottait sur ses lèvres, il eut l'impression que ses rêves étaient agréables, il la regardait sans pouvoir définir la raison exacte de sa fascination, il se fit servir une deuxième coupe de champagne, ouvrit le dossier que Chloé lui avait préparé, compulsa avec soin les photos des sept suites de la Luxury Guest House, regretta de ne pas trouver lesquelles étaient communicantes. Chacune d'elles portait le nom d'un film célèbre, parfois tourné en son temps dans les studios CLA de Ouarzazate. Les ambiances avaient été conçues par des décorateurs de cinéma.

Carl Olag s'attribua la suite Kundun, il se souvint avoir été passionné enfant par ce film de Martin Scorsese consacré au Dalaï-Lama, il choisit la suite Cléopâtre pour Aïcha, la suite Lawrence d'Arabie pour Lawrence, Ines aurait la chambre les Amants de Mogador, Jean-Paul la Gladiator, Andy la suite Alexandre le Grand, Daphné et Chloé dormiraient ensemble dans la chambre Shéréazade.

Aïcha se réveilla lorsque les repas chauds furent servis, son premier réflexe fut de se pencher vers le hublot, elle y resta un long moment, fascinée par l'Atlas enneigé que l'avion survolait, Carl Olag eut droit à un sourire radieux :

– Merci Monsieur, c'est grâce à vous que je peux découvrir cette merveille, tenez, regardez.

Elle se faisait petite pour qu'il puisse, en se levant, se pencher au dessus d'elle et regarder par le hublot.

Ahmed les attendait à la porte des arrivées devant le minibus Ford Tourneo Custom flambant neuf :

– Bienvenue au Maroc, Mesdames, Messieurs, mon nom est Ahmed, je serai votre chauffeur et guide.

Son français était un peu hésitant. Lorsque Aïcha s'adressa à lui en arabe, son visage buriné s'éclaira, il chargea les bagages, tout le monde était installé.

Aïcha avait choisi le siège à côté du chauffeur, il parla un peu avec elle avant de lui tendre le micro :

– Ahmed est honoré d'être en votre compagnie, il demande que vous gardiez vos ceintures attachées, la route que nous allons prendre est une des plus belles du Maroc mais elle est très sinueuse, elle culmine à 2260 mètres, il nous faudra 4h30 environ pour arriver à Ouarzazate mais nous ferons une courte pause déjeuner à mi-chemin.

Il était 9h45, Ahmed prit la route des remparts faits de terre rouge et de chaux sur une armature en bois, il ralentissait en passant devant les nombreuses portes ouvertes dans les murs, l'une d'elles, large, laissait voir dans le fond la grande mosquée de Marrakech, la Koutoubia. De nombreuses tours carrées venaient s'adosser à l'épaisse muraille sur laquelle, à certains endroits, des cigognes avaient construit leurs nids, une abondante végétation surprenait sous l'éclat du soleil, les montagnes se profilaient dans le lointain. Des calèches colorées se croisaient, le martèlement des sabots de chevaux était en partie couvert par les moteurs, une demi- heure plus tard, la vallée du Zat se laissait découvrir à chaque lacet serré de la route. Les oliviers, les chênes et les lauriers roses couvraient la terre rouge, plus loin des cirques aux parois rocheuses majestueuses dominaient des petits villages berbères perdus au milieu des pins, des genêts, des eucalyptus. Parfois des grands troupeaux de moutons semblaient perdus dans le paysage aride, Aïcha traduisait des informations que l'on ne trouvait pas dans les guides touristiques.

– A droite c'est Toufliht, ses habitants vont ramasser des morilles blanches à la fonte des neiges.

La montagne devenait impressionnante, Ahmed conduisait prudemment, la route était l'une des plus mortelles du pays, elle était la seule reliant Marrakech à Ouarzazate, de ce fait encombrée de camions et d'autobus, ils firent une courte halte au col de Tizi n'Tichka, des traditionnels clichés furent pris devant le panneau ALT.2260 accroché sur le mur entre les deux tours, Aïcha n'avait pas osé refuser à Carl Olag qu'il la prenne par la taille pour être photographiés par Andy. L'heure de reprendre la route de descente était arrivée, quelques kilomètres plus loin, Ahmed quitta la N9 pour le village de Telouet, là où se dressait l'imposante casbah du Glaoui, le dernier seigneur de l'Atlas. Une partie de l'ensemble tombait en ruines.

Ahmed leur expliqua pourquoi puis les dirigea vers l'auberge. Il cherchait la jolie berbère pour la présenter au patron. Elle avait disparu, ne répondait pas à leurs appels, à leurs cris inquiets, Chloé retourna sur ses pas jusqu'au minibus.

Sur une dune lointaine, assise dans le sable au pied d'un olivier, Aïcha regardait fixement la casbah ensoleillée se profilant sur le haut atlas enneigé. Lorsqu'elle arriva près d'elle Chloé fut saisie par la beauté extatique du visage de Aïcha, un désir fou la fit s'incliner vers le sol, elle écarta les cheveux et posa ses lèvres sur la joue brûlante de Aïcha, son cœur battait très fort, elle n'était pas sûre que ce fut à cause de l'altitude :

– Tu dois venir ma belle, tout le monde t'attend.

Après le copieux déjeuner de tajine de poulet aux olives et citron confit, arrosé d'une cuvée de rosé guerrouane fruité, la fatigue tomba sur tous, d'un commun accord il fut décidé de ne pas faire une halte à la casbah d'Aït-Ben-Haddou, tout le monde s'assoupit dans le minibus malgré les virages.

Au Temple* dont les travaux pendant trois années avaient réuni des artisans marocains spécialistes de reconstitutions historiques, de décors de cinéma, le dépaysement et le raffinement les avaient saisi dès l'entrée après avoir traversé les épais murs en pisé. Ils avaient découvert un somptueux patio lumineux bordé de bas-reliefs mésopotamiens, de papyrus d'Égypte, entouré de bassins en marbre. Malgré la fatigue ils firent honneur au buffet offert par le directeur, du champagne Taittinger, des jus de fruits, des fruits frais.

Carl Olag pria Andy de les prendre en photo, lui et Aïcha, levant leurs coupes devant l'un des sphinx de l'escalier, il proposa que chacun ce soir reste indépendant, dîner au restaurant ou bien se faire servir dans la chambre :

– On se retrouve ici demain matin à 8 heures, merci.

Le concierge les accompagna jusqu'à leur suite.

– Notre mission est importante disait Ibrahim, nous avons été choisis par Mahomet pour châtier les mécréants, n'oublie jamais cela mon frère.

Ils ajustèrent en premier les gabarits en carton sur chaque côté du capot puis les bandes minces qui délimitaient ce qui devait être peint en vert tendre, cette couleur caractéristique des véhicules de la police bavaroise, l'espace partait du pare brise pour rejoindre en biais les deux grilles de la calandre en englobant l'écusson BMW, enfin ils délimitèrent les espaces à protéger sur les portes et les ailes avant et arrière du véhicule, cela était plus délicat, ces caches étaient longs, leurs bords extérieurs coupés en courbes devaient s'appliquer minutieusement autour des contours des optiques pour permettre la projection de la peinture sans aucune bavure.

La porte de l'appentis avait été fermée avec des grands panneaux de contreplaqué pour maintenir à l'intérieur une température adaptée à la mise en peinture. Le thermomètre affichait 16°, Ibrahim avait chargé les pistolets, il commença par le capot en passant des couches régulières, croisées, la peinture verte brillait uniformément sous l'ampoule nue pendue au plafond, l'odeur agaçait les narines, ils décidèrent de faire une pose et d'aérer l'appentis, à l'extérieur les nuages étaient bas, la cime des arbres autour de la clairière se fondait dans la brume.

Ils s'assirent sur les pierres sous le sapin devant la maison, les deux hommes se taisaient, Dogan pensait à sa petite famille en regardant les feuilles mortes du lierre de la façade voleter dans le vent, ils reprirent le travail lorsque la pluie fine prit possession du ciel. Ibrahim continua la peinture des portes de la voiture, pendant ce temps là Dogan prépara les lettres majuscules adhésives blanches. Commandées à deux entreprises, chacune avait fourni en trois exemplaires, l'une LAPIZE, l'autre ION, en les assemblant sur l'établi Dogan avait écrit avec plaisir le nom POLIZEI.

Le lendemain, la peinture verte était bien sèche, ils ôtèrent avec précaution les caches, ils tracèrent des repères discrets au crayon pour poser les lettres adhésives sur le capot et sur chaque portière.

Cela leur prit une partie de la matinée, ils fixèrent ensuite la barre de gyrophare sur le toit, le résultat final était surprenant de conformité.

Ils appelèrent Yasmine, elle eut un petit geste de recul comme si elle s'attendait à voir sortir un policier du véhicule :

– Superbe votre travail les hommes, vous méritez un bon repas, vous avez terminé ?

Non, il leur restait à enlever le siège arrière, à le vider pour pouvoir y entreposer toutes les boîtes d'explosifs que Ibrahim avait confectionnées.

Sur l'écriteau métallique accroché à la grille du parc, on pouvait maintenant lire cette précision « Réouverture de la galerie samedi 15 octobre ». Hans-Dieter avait invité Peter à dîner dans une auberge perdue aux confins de la montagne, il y avait réservé, à l'écart de la grande salle, un petit salon intime, souvent occupé par des amoureux ou des couples illégitimes, lui souhaitait ne pas être reconnu et importuné, pouvoir expliquer en toute tranquillité ses dernières décisions prises pendant les deux jours de repos de Peter, au cours du trajet en voiture il avait orienté la discussion sur les nouvelles tendances affichées dans les grandes expositions d'art, souvent des extravagances qu'il n'appréciait pas, c'est seulement à l'auberge lorsque les pichets de bière furent servis que Hans-Dieter se mit à parler de son plan.

– Votre question, Peter, m'a beaucoup fait réfléchir, c'était trop tard pour tout annuler, vous vous en doutez, les frais déjà engagés, l'incompréhension.

Il expliqua les alternatives retenues, l'entrée sera interdite aux moins de dix-huit ans, les billets ne pourront être achetés sur place, seront seulement vendus par un bureau de notre office de tourisme sur présentation d'une pièce d'identité et avec la signature d'une attestation sur l'honneur qu'aucun membre de la famille n'a été tué lors d'un attentat, ils seront nominatifs et délivrés pour un jour précis, ils devront être présentés à l'entrée avec la pièce d'identité.

Les réservations par internet seront soumises aux mêmes règles, le formulaire envoyé devra être retourné signé, tout cela est plus complexe que d'habitude mais prend en compte votre interrogation « avons-nous le droit ?».

– Je suis invité samedi soir à l'émission télévisée de 20h30, je dirai haut et fort l'exceptionnel intérêt de cette exposition d'actualité, j'expliquerai les raisons d'une stratégie spéciale et les mesures de sécurité exceptionnelles prévues.

Il sortit alors le plan du parc avec la localisation de sa propriété et de la galerie contiguë. Il déplaçait son index en parlant.

– Deux agents de sécurité se tiendront tous les jours au portail d'entrée du parc, seul accès autorisé pour les piétons. Le jour du vernissage, la grande grille restera ouverte pour permettre l'accès des voitures des personnalités invitées, mais une herse de police de 3 mètres posée sur le sol interdira tout passage et ne sera tirée qu'après vérification des laissez-passer. Un agent restera de faction à l'entrée de la galerie, les visiteurs devront passer sous un tunnel de détection, deux tireurs sur le toit surveilleront les alentours et la berge du lac, voilà mon cher, bien malins seraient ceux qui tenteraient de s'introduire dans la propriété, vous allez pouvoir partir au soleil sans aucun souci.

Peter gardait le silence, il lui semblait que son patron avait peut-être raison, Hans-Dieter lui tendit deux billets d'avion pour l'aéroport de Lynden Pindling, Peter ignorait que cette île New Providence se trouvait aux Bahamas.

Ahmed les avait conduit le matin le plus près possible du ksar, des sacs de sable posés sur le lit du gué avaient permis de traverser et d'atteindre la porte d'enceinte, la pente de la ruelle bordée de petites boutiques cadeaux faisait souffrir les jambes de Inès et de Jean-Paul. Aïcha s'arrêtait souvent pour échanger quelques mots avec les vendeurs, Carl Olag la rappelait à l'ordre, voulait tout voir pour choisir les lieux de prise de vue. Au sommet de la colline, là ou trônait le donjon en ruines, la vue était superbe sur les terrasses, sur les tours crénelées, des cultures verdoyantes se prélassaient le long de l'oued, dans le lointain la grande barrière neigeuse faisait un contraste avec les murailles rougeâtres de la citadelle, plusieurs photographies avait été prises avec Aïcha assise devant un muret sur lequel avait été posé avec soin le flacon Oasis.

Carl Olag s'énervait, trouvait Aïcha plus réservée que d'habitude, c'était le cas, elle s'étonnait de la présence permanente de Chloé à ses côtés, de ses doigts posés à la naissance de ses seins pour déplacer un pli du col de sa robe ou bien sur son cou pour écarter une mèche de cheveux. Lors du repas sur la terrasse de la casbah V*, elle prit Lawrence à part :

– Vous pensez que Chloé est ..?

Elle hésitait à dire le mot, il ne savait pas mais son comportement pouvait le laisser croire en effet :

– Tu es tellement désirable Aïcha,

Lui aussi avait envie de poser ses mains sur cette peau d'une douceur troublante, il s'abstint, sachant quelle serait sa réaction :

– Tu as eu des nouvelles de Simon ?

– Oui, il va bien.

Ils regagnèrent la table en silence, Carl Olag les dévisagea longuement, l'idée lui vint alors d'interroger Lawrence, il avait soif d'informations sur Aïcha, sur son passé, sur sa vie près de Cannes, il donna le signal du départ. Lors de la descente Aïcha courait comme une gazelle, elle arriva bien avant eux en bas de la citadelle fortifiée, elle marchait pieds nus dans le sable, la chaleur prenait d'assaut les murailles en pisé de la casbah, elle fit une pose au bord de l'oued Melah, se pencha plusieurs fois pour prendre l'eau dans ses mains jointes en coupelle et s'asperger le visage.

Quelques enfants s'approchaient, timides, pour voir de près la belle dame, lorsqu'elle leur parla amazighe, ils devinrent enhardis, leurs petites mains s'avançaient et se posaient sur ses jambes nues.

Ce jour-là, pour les premières prises de vue, elle portait une robe courte au tissu chatoyant rose pâle s'arrêtant au dessus des genoux, le col bateau mettait en valeur ses épaules nues et le haut du dos, un cordon de même couleur soulignait la finesse de la taille, des broderies délicates agrémentaient les manches évasées, sa chevelure mouillée scintillait au soleil. Carl Olag, tout de blanc vêtu, debout sur la berge, ne la quittait pas des yeux.

Une journaliste et un photographe les attendaient le soir à l'hôtel, le toit rétractable du patio avait été ouvert, le dîner fut servi sous un ciel constellé d'étoiles. Le ragoût d'agneau aux abricots était succulent, un Coteau de l'Atlas 1er cru 2009 aux notes de poivron rouge égayait l'assemblée. Carl Olag semblait lointain, il fut poli mais bref lors de son interview, il expliqua les raisons de leur voyage ici, avait remercié Aïcha d'avoir trouvé pour son nouveau parfum le nom Oasis, évocateur d'évasion et de fraîcheur, aussi de l'avoir associé à ce haut lieu de silence chargé de passé glorieux et porteur de rêves fous.

Au moment où Aïcha levait son visage souriant vers lui, il se pencha et déposa un baiser furtif à la commissure de ses lèvres. Cette liberté affichée par le couturier avait fait naître des murmures discrets couverts par sa voix :

– Mes amis, nous rentrerons à Paris plus tôt que prévu, nous partirons demain après le repas, Aïcha est très impatiente de retrouver son boyfriend.

Ses paroles furent suivies d'un grand silence, la stupéfaction se lisait sur les visages, à la lueur des bougies les joues de Aïcha avaient pris un reflet de pêche mordorée, ses yeux écarquillés dévisagèrent Carl Olag, ses lèvres murmurèrent :

– Mais comment..?

Son regard se posa sur Lawrence assis tête baissée en face d'elle, elle comprit, cria :

– Je vous déteste Lawrence.

Son long corps s'était déplié, elle avait quitté la table en courant, elle resta un long moment sur le balcon sud-est de sa suite, orienté vers son village natal Tagounite où Simon aurait pu la rejoindre, l'idée l'effleura de descendre déclarer haut et fort :

– Ce n'est pas possible, Monsieur, mon chéri arrive mercredi soir, nous partirons chez moi dans le Sud.

Elle en rêvait depuis que Lawrence avait promis d'intervenir pour qu'elle y reste une semaine.

La fraîcheur de la nuit tomba sur ses épaules nues, elle rentra, fit couler un bain chaud dans la grande baignoire pharaonique en tadelakt décorée de fleurs de lotus stylisées, les sels à l'odeur de violette lui procurèrent un bien être lénifiant, elle s'allongea, s'assoupit rapidement, elle n'entendit pas les coups discrets frappés à la porte de sa suite.

Carl Olag fut là tout à coup, devant elle, offerte bras et jambes écartés sous les flocons vaporeux de la mousse, ce total abandon magnifiait chaque partie de son corps, même la plus intime, ombrée dans ses doux replis de chair, si proche, à portée de sa main, mais un sentiment inconnu lui fit regagner la chambre contiguë. Il hésita, s'asseoir sur l'une des bergères stylisées ou bien s'allonger sur le lit à baldaquins !

Depuis la nuit riche en émotions passée avec elle dans sa garçonnière, il avait rêvé d'un second tête à tête sans en identifier la raison profonde.

Etait-ce le bonheur simple d'être seul avec elle dans ce lieu magique et pouvoir lui prendre la main en l'écoutant raconter le désert ou parler des lavis de Julius Bissier comme elle le faisait si bien.

Etait-ce une attente de circonstances propices à une relation sexuelle avec une femme, ce qu'à ce jour sa nature n'avait jamais ni réclamé ni imaginé.

Il savait maintenant que cette idée n'avait aucun sens.

Il n'avait jamais baissé les yeux devant le sexe d'un homme mais l'avait fait devant celui de Aïcha, il n'avait ressenti aucun désir, il avait détourné son regard comme aurait fait un père découvrant par inadvertance le corps nu de sa fille.

Lorsque Aïcha sortit de la salle de bains, drapée dans le peignoir de l'hôtel, elle eut un geste de recul en le découvrant :

— Je viens juste d'arriver, ne t'inquiète pas ma princesse, personne ne m'a vu entrer.

Elle avait rapidement rabattu sur ses seins les revers de sa robe de chambre et resserré la ceinture, elle voulait par ces gestes lui montrer sa volonté de protéger son corps, de le mettre à l'abri d'éventuelles tentatives de contact. Elle ne savait quelle attitude adopter avec Carl, elle s'interrogeait souvent sur la nature de son affection, était-elle désintéressée ? Elle trouva les mots pour mettre la situation au clair sans qu'il puisse se sentir mis en cause :

— Toutes les personnes ici savent maintenant, Monsieur, que je ne suis pas libre, elles doivent se douter que je suis amoureuse et fidèle.

— Quelle subtilité dans tes propos ma petite, je comprend tes inquiétudes mais tu peux être rassurée, je n'ai aucune envie de te faire l'amour si désirable sois-tu, mes gênes de naissance ont décidé autrement. Je suis avec toi comme un collectionneur qui découvre une œuvre d'art encore inconnue, si tu veux bien, allons prendre un verre au bar, je souhaite te parler de grands projets.

Elle vint s'asseoir sur ses genoux :

– Merci Monsieur, votre bonté me flatte et me touche

La voix sourde de Carl Olag trembla d'émotion :

– Appelle-moi Carl, petite fée.

Aïcha s'était changée sous le regard admiratif de Carl. Elle se disait maintenant qu'un amateur d'art peut contempler à son aise une sculpture vivante si cela est fait sans arrière pensée. Cette idée la rassurait car elle éprouvait du plaisir à être regardée par un homme célèbre dans le monde entier pour son amour du beau et pour le génie créatif avec lequel il mettait en valeur les femmes. Elle avait choisi une robe rouge courte simple, près du corps, elle donna le bras à Carl Olag, élégante silhouette dans sa djellaba blanche à col Mao.

Une petite flambée crépitait dans la cheminée du bar, l'équipe les attendait, Inès les applaudit :

– Quel beau couple vous faîtes, auréolé de mystère.

Carl Olag pensa que ce mystère méritait d'être développé et entretenu, le public est toujours avide de connaître le vrai du faux. Les cocktails Mojito préparés avec des feuilles de menthe de la région étaient savoureux. Andy avait relié son Nikon à l'ordinateur.

Les photographies pour la publicité du parfum Oasis défilèrent. Celle avec le visage ensoleillé de Aïcha en gros plan fascinait par sa présence charnelle.

La tête était penchée, presque renversée, sa somptueuse chevelure habilement frisée mettait en valeur la pureté de l'ovale de son visage, sa bouche entrouverte magnifiait l'arc de sa lèvre supérieure posée sur ses dents d'une blancheur de neige éternelle, une longue mèche couvrait en partie l'un de ses yeux aux paupières mi-closes sur les prunelles sombres et mystérieuses, sa manière de regarder avait à la fois un caractère si intime et sensuel que chacun se sentait concerné. Le flacon OASIS posé sur le mur en pisé à côté de son visage devenait par identité de sentiment un objet de convoitise et de possession :

– Superbe, dit Daphné, je vois très bien ce cliché encadré avec un cadre doré, se détachant sur la photographie en double page, un peu floue, de la casbah au soleil couchant avec l'oasis verdoyante au pied des murs ocres.

Carl Olag était séduit par l'idée, il paya une tournée générale, annonça qu'il se retirait pour parler avec Aïcha du défilé de promotion du parfum.

Devant la porte de sa suite, il lui demanda la permission de s'asseoir sur la bergère face à son lit :

– Je n'ai pas envie de rester seul, ma petite Aïcha.

Elle avait revêtu une longue chemise soyeuse avant de se glisser dans le lit, seuls son visage et ses bras nus dépassaient du drap tiré jusqu'au cou. Carl Olag parla en premier de l'absence de Lawrence ce soir au bar :

– Tu as été dure avec lui, ma petite, il est mortifié par ta déclaration publique et atterré que tu puisses le détester, il semble si heureux et fier d'être ton agent, c'était injuste aussi parce que je suis le seul responsable de cette situation, j'ai usé de mon autorité pour qu'il réponde à toutes mes questions sur toi. Ce qu'il m'a révélé de ta vie privée me réjouit mais m'attriste, j'avais rêvé de t'avoir près de moi en ouvrant une boutique de parfums avenue Mozart sous l'enseigne OASIS dont tu aurais été la directrice, mais maintenant, sachant que ton grand amour est sur la Côte d'Azur, cela rend ce beau projet irréalisable.

Dans les yeux étonnés de Aïcha posés sur lui, il lui semblait voir briller une lueur d'intérêt qui fit renaître en lui l'espoir fou :

– Lawrence m'a confié que Simon est un peintre talentueux, je peux vous acheter un appartement avec une verrière pour son atelier, c'est bien pour un artiste d'être dans la capitale, et toi, grâce à ta séduction, tu deviendrais très vite la coqueluche de notre petit monde de la couture.

– Pardonnez-moi Monsieur de vous interrompre.

Par la baie restée ouverte des voix se répondaient dans la nuit, Aïcha s'était levée, avait couru vers le balcon. Sous les murs en pisé de l'hôtel, un petit groupe danse pieds nus dans le sable, un feu central a été allumé, les braises rougeoyantes sous les cendres illuminent les visages aux reflets de cuivre, des hommes et des femmes se font face, les hommes battent des mains, quatre d'entre eux frappent un tambour rond et plat, les femmes, épaules contre épaules, se tiennent par la main et agitent les jambes sous leurs robes multicolores, elles dansent au rythme des tambourins, le chant ahidous monte alors vers le ciel étoilé, il est lancinant, répétitif, si intense que Aïcha se met à trembler.

Carl Olag inquiet court à l'intérieur se saisir du couvre-lit, le dépose sur ses épaules nues avant de la serrer contre lui

– Tu vas bien ma petite ?

Ses mots sont dits si tendrement que cela rappelle à Aïcha les attentions affectueuses prodiguées par son père lorsqu'elle était enfant, elle se laisse aller contre la poitrine de Carl Olag :

– Excusez-moi Monsieur.

Elle se calme, lui explique son émotion de revoir ces scènes populaires vécues dans son village natal lorsqu'elle était petite fille, elle lui raconte les traditions berbères, ces danses du Moyen et Haut Atlas célébrées dans les villages, souvent à la fin des moissons, elle lui traduit certaines paroles de ces chants qui décrivent la beauté des paysages et sont l'expression pure de l'âme amazighe, elle lui énonce les noms des instruments qui accompagnent ces chants, le bendir, le guembri, la flûte oblique Ney.

Le couturier écoute avec passion sa petite égérie blottie contre lui, si belle, si cultivée, si attachante.

Les étoiles se mettent à trembloter au travers de la fumée des souches calcinées. Il l'invite alors à rentrer se reposer, s'assoit encore face au lit, il la regarde s'assoupir rapidement. Lorsque son visage bascule dans les oreillers, il se lève et regagne à regret sa suite.

Le lendemain dans le minibus Aïcha prit le micro :

– Pardon Lawrence pour hier, en réalité tout le monde ici sait que je vous aime bien.

L'émission télévisée de 20h30 avait été annoncée par des publicités faisant référence à l'émission das Sofa qui avait obtenu des records d'audience, les séquences reprenaient les termes de l'affiche

Musée von Bach - 5 témoignages de barbarie

Hans Dieter était cette fois encore assis dans un fauteuil en résine noir, vêtu d'un costume blanc agrémenté d'un gilet fleuri, coiffé d'un panama blanc, il était seul au milieu d'une scène dont les murs, le sol, le plafond, étaient peints en blanc, sur un écran derrière lui défilaient des images de sa propriété, du lac et des alentours, les forêts étaient verdoyantes, les prés couverts de milliers de fleurs multicolores, de nombreux pêcheurs sur la berge témoignaient du calme et de la sérénité des lieux.

La dernière image de cette nature idyllique diminua de taille, les prises de vue de son château, cette fois enveloppé des grandes bâches noires défilèrent avec lenteur en vues lointaines puis rapprochées, mettant ainsi en relief les détails des déchirures, des cicatrices profondes, tout cela dans un silence absolu, pesant.

La caméra se fixa alors sur Hans-Dieter von Bach. Derrière lui, sur une bâche noire lacérée, l'inscription Les loups du Sahel était peinte en rouge fluorescent.

Il parla en premier de la Bavière, de cette nature préservée, des lacs, des forêts, des jardins de bière, ce coin de paradis où il fait bon travailler et vivre :

– Vous avez pu vous rendre compte de cela sur les premières images.

Son visage devint grave :

– Je m'adresse à vous, encore à table devant un bon plat, il pointait son doigt tendu dans leur direction, à vous, assis au fond de votre fauteuil en buvant une bière bien fraîche, il pointait son doigt à droite, à vous madame, tricotant la barboteuse du dernier né, il pointait alors son doigt à gauche, je veux dire à vous tous cette évidence, notre paradis peut très vite se transformer en enfer à cause de ces loups sanguinaires dont l'idéologie mortifère n'a pas de limites dans l'horreur. Il parla d'exécutions odieuses d'innocents, de viols. Il précisa que les écrits sur les peintures exposées étaient rédigés en français, cela l'autorisait à rappeler les attentats commis en France, l'école juive

Ozar Hatorah, Charlie Hebdo, l'Hyper Cacher, les 130 morts du Bataclan, les 85 morts à Nice :

– Ces crimes se sont produits près de chez nous, de l'autre côté de nos frontières, l'Allemagne est déjà victime de ces mêmes actes criminels, à Hambourg, tout près de chez nous en Bavière, à Ansbach, à Wurtzbourg, ces crimes encore isolés peuvent devenir demain des actes terroristes d'envergure. On cherchera les assassins, on les tuera en attendant que d'autres viennent semer la mort chez nous, dans nos familles, je vous le dis mes amis, notre monde est au bord de l'explosion. La vérité est que nous sommes coupables d'avoir, depuis des lustres, laissé faire les dirigeants opportunistes, indécis ou irresponsables, nous avons même voté pour eux. Mon exposition est un cri d'alarme lancé par un inconnu dont l'idée est de faire parler des innocents à la première personne du présent comme s'ils étaient revenus devant vous pour vous faire prendre conscience du danger que court notre civilisation. Venez très nombreux, votre présence sera un avertissement lancé aux chefs d'état laxistes.

L'émission enregistra des records d'audience, la presse locale commenta sur plusieurs colonnes la prestation de Hans-Dieter von Bach, inquiétante, lucide, pessimiste, un journaliste y voyait le discours d'une personnalité préparant son entrée en politique.

Ils furent arrêtés au péage de Vintimille, des centaines de voitures étaient contrôlées, ils comprirent qu'un garde civil avait été blessé par des hommes armés en fuite, la circulation était dense sur l'autoroute, ils en sortirent à Crémone, se promenèrent dans la vieille ville médiévale jusqu'à la Piazza del Comune, resplendissante sous le soleil d'arrière saison, ils se contentèrent d'un plateau d'amuse-bouches au Métropolitan Café, les yeux fixés sur la façade en marbre blanc de Vérone de la cathédrale et sur son campanile en briques rouges. Deux heures plus tard, Simon se garait devant la Locanda Punta San Vigilio à Garda. Au cours des années 50, Wiston Churchill y venait souvent, aussi Laurence Olivier et Vivian Leigh.

Pendant le dîner, le téléphone de Aïcha sonna.

Lawrence était excité, il parlait d'une voix aiguë, la publicité Oasis était parue sur Paris-News :

– Superbe, je t'assure, Carl te trouve merveilleuse, il rentre demain de Londres, il se pourrait qu'il te fasse venir à Paris dans les jours prochains, où êtes-vous d'ailleurs, au lac de Garde, s'il t'appelle, pas de bêtises ma petite, n'est-ce pas, tu prends le premier avion, bonsoir à Simon.

Le lendemain matin, ils prirent la route de Affi pour rejoindre l'autoroute A22 en direction de Innsbruck, Aïcha s'émerveillait de la neige sur les cimes des montagnes autrichiennes.

En arrivant en Allemagne ils quittèrent l'autoroute pour visiter Mittenwald, les maisons anciennes ornées de fresques étaient une nouveauté pour elle, lui connaissait ces décorations de façades parce que le père de Judith avait vécu en Bavière.

Ils visitèrent l'église et le musée de la lutherie, dans la vitrine de l'office de tourisme s'affichait une vue splendide d'un lac, le Lautersee, un sentier pédestre y menait en vingt minutes, on pouvait déjeuner sur place dans un restaurant avec terrasse.

Simon était enthousiaste, Aïcha émit des réserves

– On va arriver trop tard pour voir tes tableaux.

Le projet fut abandonné.

Ils modifièrent le GPS pour rester sur la route nationale qui serpente le long des lacs Walchensee et Kochel am See, le spectacle était magique, les sommets enneigés des montagnes se reflétaient dans les eaux tranquilles, Aïcha devenue nerveuse n'y prêtait plus attention, elle s'énervait à cause d'un camion impossible à doubler sur la route étroite aux bandes continues :

– Tu crois que la galerie sera encore ouverte ?

Ils furent à 17h30 sur le parking face au parc du musée von Back.

La grille était fermée.

Mais comment va-t-on faire ?

Aïcha regardait la pancarte, elle était paniquée, on était le 10 octobre, cinq jours à attendre jusqu'à la réouverture de la galerie, et si Carl Olag appelait pour qu'elle rentre, ils étaient debout devant la grille, au travers des barreaux le manoir habillé de ses bâches noires en lambeaux avait l'aspect sinistre d'une illustration d'un conte de fées, sous cet angle la galerie était en partie cachée, quelques lampadaires dans le parc s'étaient allumés, la nuit tombait tôt en Bavière :

– Viens ma chérie, on va passer à l'hôtel déposer les bagages, ensuite on cherchera un bon restaurant, on pourra y parler tranquillement.

Aïcha aimait le caractère calme de Simon, cette force tranquille, rassurante, elle lui donna la main jusqu'à la voiture.

La réceptionniste regardait Aïcha avec insistance, elle ouvrit une revue à côté de son ordinateur, son regard ébahi se posa encore sur le visage de Aïcha :

– C'est vous Mademoiselle qui.., dit-elle excitée.

Ils ne comprenaient pas, elle leur tendit le magazine, la publicité du parfum OASIS s'affichait en double page, ce fut pour eux une première très émouvante, le visage renversé de Aïcha avait une incroyable présence charnelle magnifiée par la lumière blonde des murs en pisé de la forteresse à l'arrière plan .

La chambre faisait face au lac, ils s'assirent sur le balcon, un court moment à cause de la fraîcheur :

– Bravo Mademoiselle, vous êtes devenue une star, puis-je poursuivre le voyage avec vous ?

Elle l'entraîna en riant dans la salle de bains, la douche italienne permettait de s'y glisser tous les deux, ils se savonnèrent l'un l'autre avec une tendresse complice, aucune partie de leurs corps ne fut épargnée.

La réceptionniste leur conseilla un restaurant à See-shaupt et leur réserva une table. Sur place, ils reçurent le deuxième choc du jour, en voyant l'affiche collée sur la porte du restaurant.

Les loups du Sahel
Musée von Back
Exposition du 15 octobre au 30 novembre 2016
5 témoignages de barbarie d'un peintre inconnu

Ce fut un choc, jamais ils n'avaient imaginé l'avenir des tableaux de cette manière et leur signification dramatique leur était révélée d'une façon si brutale qu'ils restaient incapables de proférer un seul mot.

Aïcha photographia l'affiche avec son iPhone.

Ils reçurent une table dans la salle du fond au plafond rustique, Aïcha ne prêta aucune attention au décor chaleureux, à peine assise, elle s'agita sur sa chaise en hochant la tête et en parlant un peu fort :

– Un peintre inconnu, et quoi encore, dès demain matin j'irai leur dire que le peintre, c'est toi.

Une serveuse vint demander poliment si la place ne convenait pas, Simon lui répondit en allemand, Aïcha était surprise:

– Ça, alors, tu parles allemand,

Il ne voulait pas orienter la conversation sur le père de Judith qui lui avait appris les rudiments

– Des souvenirs du lycée, dit-il.

Il commanda deux coupes de sekt, le champagne allemand. Aïcha, nerveuse, avait pris son iPhone :

– On ne dit rien à personne, regarde ce qui est écrit, cela peut devenir dangereux pour toi si on apprend que tu es l'auteur de ces témoignages de barbarie, on ne sait jamais, promets-moi de ne rien dire, sinon je ne pourrai plus dormir, je préfère que tu restes inconnu plutôt qu'une cible désignée.

La serveuse avait informé Hans, le fils du patron, que les clients de la 4 étaient français. Il vint leur souhaiter la bienvenue, il rentrait de Paris où il avait travaillé deux ans au LC*.

Lorsqu'il apprit la raison de leur voyage, il expliqua les conditions de réservation :

– A cause des menaces vous comprenez, vous devez vous rendre demain à l'office de tourisme.

Il leur parla de Hans-Dieter von Back, un homme très cultivé, client de longue date, devenu presque un ami de son père, son intervention de samedi à la télévision avait fait la une de tous les périodiques :

– On m'a dit que vous parlez allemand, lorsque vous partirez je vous donnerai le journal die W* qui a publié son allocution et des photographies de lui.

Il était encore tôt en quittant le restaurant.

Simon trouva un chemin sur la berge, c'était une impasse. Il gara la Audi sous un grand chêne, la nuit était claire, on avait une superbe vue sur le lac et sur le parc du musée.

Ils restèrent assis dans la voiture.

Aïcha avait pris la jumelle, elle détaillait les murs de la galerie éclairée par la lune, espérant trouver une ouverture lui permettant d'entrevoir un tableau, elle sursauta tout à coup :

– Vite, vite, Simon, regarde.

Deux hommes cagoulés avançaient à petits pas à une certaine distance de la façade principale du bâtiment en évitant les lumières des lampadaires.

Ils restèrent tout en haut de la terrasse pavée qui descendait en pente raide vers la galerie, le plus grand des deux hommes tendait le bras vers l'entrée principale, l'agitait, puis se tournant vers la grille d'entrée il balaya l'air de son bras jusqu'à un point quelque part derrière eux, cela semblait clair, il donnait des explications à son comparse.

Ils repartirent par le même chemin pour regagner la forêt, ils se glissèrent à l'extérieur par une brèche découpée dans la clôture. Simon ajusta sa jumelle monoculaire de vision nocturne, une iGen 20/20 - IC qui permettait de prendre des photos d'une incroyable précision et de les stoker sur une carte mémoire.

Une moto était adossée au tronc d'un sapin, sa plaque d'immatriculation était bien visible, Simon appuya sur le bouton du boîtier.

Aïcha s'agitait sur son siège passager :

– Tu aurais pu me redonner la jumelle un moment.

Elle voulait savoir, demandait des détails que Simon trouvait très étranges et n'avait pas envie de lui communiquer, alors il lui mentit :

– Je pense que ce sont des voleurs venus repérer les lieux, ils ont regardé puis sont repartis.

En rentrant à l'hôtel, quand Aïcha fut endormie, Simon prit le journal et lut le compte-rendu de la soirée télévisée, une première fois rapidement, une seconde fois en analysant les termes élogieux mais inquiétants énoncés pour le définir, lui, le peintre inconnu.

Sa nuit fut très agitée, il se réveilla plusieurs fois, à chaque fois, la même question lui venait à l'esprit

— Ai-je bien fait de suivre l'idée de Aïcha au lieu de brûler mes tableaux ?

Ils furent tôt à l'office de tourisme. La responsable des dossiers de réservation était une femme affable et minutieuse, elle examina en premier le passeport de Aïcha et lui rendit très vite :

— Désolée Mademoiselle, je ne peux pas vous délivrer un ticket, l'âge requis pour avoir accès à cette exposition est 18 ans, le règlement est strict.

La femme ne parlait pas français, Simon expliqua qu'ils venaient de la Côte d'Azur spécialement pour voir cette exposition, rien n'y fit, Aïcha s'énervait, secouait le bras de Simon, parlait d'une voix forte :

— Si c'est comme ça, dis lui que tu vas faire annuler l'exposition, tu en as le droit, elle a été organisée sans ton accord.

Des touristes attendaient leur tour, ils dévisageaient avec réprobation cette jeune fille, si belle, si capricieuse et insolente.

Ibrahim déplia une carte détaillée de la région sur la table de la salle à manger, Yasmine et Dogan attendaient debout et silencieux, ils se doutaient que le plan d'attaque des mécréants était imminent et allait, enfin, leur être dévoilé. Avant cela Yasmine fut priée de récapituler toutes les bribes de phrases saisies en servant les clients au restaurant, elle cita les horaires prévus, en semaine de 9h à 18h, les week-ends jusqu'à 20h, après avoir été fouillés et être passés dans un tunnel de détection un deuxième contrôle des pièces d'identité sera fait, les gardiens au petit portail du parc laisseront entrer dix visiteurs à la fois, cela supprimera, disent-ils, les files d'attente devant le musée. Il fallait donc agir le week-end, concentrer l'action sur l'intérieur de la galerie pour tuer le maximum de mécréants et détruire les tableaux.

Il expliqua que Dogan conduirait la voiture, précisa qu'ils avaient repéré l'endroit exact où il viendrait la positionner, dans l'axe de l'entrée principale dont les deux portes vitrées étaient assez larges pour le passage de la BMW, il fallait que Dogan s'exerce dans le garage à ouvrir la porte après avoir desserré le frein à main et à sortir très vite de la voiture car sur les lieux, grâce à la pente très raide de la terrasse, elle prendra de la vitesse et fracassera les vitres :

– Une fois la voiture à l'intérieur, à distance, je déclencherai un feu d'artifice grandiose, comme jamais observé ici.

La jouissance qu'il éprouvait en imaginant cette scène était perceptible à l'intonation chantante de sa voix, aussi à son visage réjoui, illuminé comme si les gerbes de flammes destructives des bombes cachées sous la banquette arrière l'éclairaient déjà :

– J'arriverai alors en moto pour récupérer Dogan, il lui faudra sauter très rapidement sur le tansad car il est possible que la sécurité nous prenne pour cible.

Il déplaça lentement son index droit sur la carte :

– Nous prendrons cette direction, mais au bout de six cents mètres, nous entrerons dans la forêt ici à gauche pour rejoindre un hangar à l'abandon où la camionnette de Berlin qui a livré hier la moto est garée, en attente de la récupérer.

Il expliqua : dans la camionnette se trouvent deux bicyclettes et deux tenues de cyclistes pour changer nos vêtements, après avoir chargé la moto, nous irons jusqu'au lac, là, à cet endroit il est profond, nous y jetterons la moto et nos tenues de policiers.

L'aller-retour jusqu'au hangar prendra au maximum quinze minutes, c'est seulement à ce moment là, lorsque toutes les preuves auront disparu que les secours et la police vont commencer à s'organiser, notre camionnette sera récupérée de suite par la cellule de Berlin, nous rentrerons ici à bicyclette, par des sentiers différents, chacun de notre côté :

– Allah est grand.

Ibrahim replia la carte :

– Viens avec moi Dogan, nous devons dévisser la plaque d'immatriculation de la moto et la ranger dans la cave.

Elle sanglotait en sortant de l'office de tourisme, la tête posée sur l'épaule de Simon, ils marchèrent au hasard dans des rues bordées de maisons dont certaines reposaient au milieu de jardins décorés de personnages et fontaines en pierre reconstituée, les premiers flocons de neige de ce mois d'octobre voletaient dans la brise glaciale, Aïcha tremblait :

– Il faut trouver une solution, je veux aller dans cette galerie, je veux voir tes tableaux exposés.

Simon suggéra de passer au restaurant, selon les dires du fils, son père était devenu un ami de von Back, peut-être pouvait-il faire quelque chose :

– Quelle superbe idée mon Simon,

Elle courait presque en l'entraînant.

Au restaurant, Hans regarda Aïcha avec insistance :

– Pardonnez-moi Mademoiselle, est-ce vous .. ?

Son émotion était si forte qu'il cherchait ses mots.

– Oui, c'est moi, Monsieur, mon nom est Aïcha, j'ai un service à vous demander.

Hans écouta leurs préoccupations, il était étonné de leur intérêt pour cette exposition, au point de les faire venir de France, Simon eut une inspiration, il prétendit rédiger pour une revue internationale une étude sur cette gangrène qui dévorait nos corps et l'esprit de certains jeunes, désolé, il ne pouvait divulguer le nom de la revue :

– Vos idées vont plaire à Mr Hans-Dieter von Back, et vous, Mademoiselle Aïcha, quand il apprendra qui vous êtes, je suis sûr qu'il souhaitera vous voir, c'est un homme qui a toujours aimé être entouré de jolies femmes, je vais lui téléphoner.

Il leur offrit un vin chaud pour les faire patienter, son visage était radieux lorsqu'il vint les rejoindre :

– Monsieur von Back vous invite à sa table demain à 12h30, soyez à l'heure, on ne le fait pas attendre.

La température s'était adoucie mais restait froide, l'envie leur vint d'aller visiter un monastère ou l'une des nombreuses églises baroques de la région.

Aïcha voulut voir le lieu de pèlerinage du Christ Flagellé à Wies.

243

Simon était réticent, pourquoi ce choix situé à 50' ?

– C'est instructif pour moi de voir les atrocités que vous, chrétiens, avez été capables de commettre sur votre Christ, tu n'es pas fâché j'espère.

Sans répondre Simon augmenta le volume de la radio, il avait besoin de réfléchir, il eut peur soudain que cette visite soit source d'une ombre sournoise qui se glisserait entre eux à leur corps défendant, il fut tenté de faire demi-tour, la silhouette de l'église de Wies se profilait déjà sur le ciel gris, les formes curvilignes des fenêtres égayaient le crépi rosé des murs, le chemin étroit qui longeait la ferme en contre-bas les conduisit devant la façade convexe de l'église avec ses six colonnes haut perchées sur leurs socles,

Ils furent étonnés dès l'entrée par la contradiction de cet univers rococo, religieux mais en même temps artificiel tant la profusion des stucs, des anges, des détails dorés égarait le regard. Aïcha devint volubile devant la statue miraculeuse, elle attira Simon contre elle, lui parlait à l'oreille

– Regarde ce qu'ils lui ont fait, ces traces de sang sur son visage, sur la poitrine, ces cordages qui tombent de ses épaules, et les chaînes avec les larges bracelets autour de ses bras maigres, et pourtant, en dépit des douleurs atroces qu'on lui a fait subir, il tend sa main largement ouverte vers tous ceux qui passent, les bons et les mauvais, une manière de montrer qu'il a accordé son pardon à ceux qui l'ont torturé, je trouve cela généreux.

Ils dînèrent dans le restaurant en face, une maison habitée dans les années 1746-1753 par le maître d'œuvre de l'église Dominikus Zimermam.

Aïcha avait demandé un apéritif fort, peu importait lequel, elle scrutait le visage de Simon, inquiète

– J'ai été blessante avec mes paroles ?

Il avoua, l'idée ne l'avait jamais effleuré que les occidentaux, les chrétiens, compris les français, avaient commis les mêmes atrocités décrites sur ses tableaux, bien sûr il savait, mais c'était confortable de l'oublier.

Il trouvait surprenant et admirable que ce soit une fille aussi jeune qui rappelle ces faits historiques, même si cela faisait peur, il ajouta :

– Je ne partage pas ton point de vue sur le pardon possible car si quelqu'un mettait un jour ta vie en danger, je te le jure, je le tuerai.

Elle garda sa main posée sur celle de Simon pendant tout le repas. Ils se taisaient, le désir se lisait dans leurs yeux, elle proposa de dormir à l'auberge à côté, au bout du chemin.

La chambre rustique était accueillante avec ses lambris muraux, les poutres au plafond, les tableaux des montagnes environnantes.

En s'allongeant contre lui, elle demanda :

– Tu pourrais vraiment tuer quelqu'un pour moi ?

Son émotion était partagée entre l'effroi qu'il puisse être interpellé, condamné, et cette enivrante preuve de l'amour fou de Simon,

Elle s'offrit sans retenue une partie de la soirée, jusqu'à s'endormir sous lui.

Ils arrivèrent à Seeshaupt à midi, l'eau du lac était animée de grandes flaques aux couleurs nuancées, la montagne saupoudrée de neige resplendissait dans le lointain, ils furent en avance. Au fond de la salle principale Mr von Back parlait avec Hans, la fin de sa phrase resta en suspens, Aïcha avançait en souriant vers lui de sa démarche souple, féline, elle avait hésité sur la tenue à mettre, robe ou pantalon, les fuseaux choisis moulaient ses longues jambes, sa chevelure ondulait à chaque pas, Hans fit les présentations, Aïcha, Simon, il ne connaissait que leurs prénoms.

Hans-Dieter von Back baisa la main de Aïcha, il la fit asseoir à sa droite après avoir rapproché la chaise.

– Votre souhait de visiter mon exposition me fait plaisir, je suis heureux que des jeunes se passionnent pour l'art, je vous rassure de suite, vous pourrez visiter l'exposition.

Un sourire radieux éclaira le visage de Aïcha, de manière spontanée elle se pencha, effleura de ses lèvres la joue de Mr von Back, sidéré, aux anges :

— Je me coucherai ce soir sans me laver le visage, dit-il en riant.

Ils firent tinter leurs coupes de sekt, l'ambiance devint chaleureuse, il leur raconta ce qu'ils savaient bien sûr de lui, il avait une propriété sur la Côte d'Azur « c'est pour cela que je sais qui vous êtes Aïcha, j'ai lu les articles écrits sur vous ».

Il leur parla de son émission télévisée des années 2010, si elle existait encore, il l'aurait conviée à répondre à ses questions,

— Pour connaître ce qui est... avouable, ajouta-t-il en souriant.

Il s'enquit des activités de Simon, il comprenait son souhait de garder secret le nom du journal pour lequel il rédigeait cette étude d'une actualité brûlante, ils pourraient en parler plus tard, l'idée lui vint alors :

— Venez dormir chez moi vendredi soir, vous serez sur place pour l'ouverture le lendemain, cela m'évitera de créer un précédent en dérogeant au règlement établi pour la sécurité des visiteurs.

En réalité la perspective d'avoir une jolie femme connue dans son château lui plaisait beaucoup, cela faisait longtemps que cela ne s'était pas produit :

— Mon chauffeur viendra vous prendre à l'hôtel.

Pendant trois jours, ils sillonnèrent les routes de la Bavière, ils visitèrent les châteaux de Louis II, plusieurs églises baroques aux clochers à bulbes, ils goûtèrent aux spécialités culinaires, les saucisses blanches avec de la moutarde sucrée, le leberkäse, jambon favori des bavarois, les pâtes fraîches au fromage. Le jeudi soir Carl Olag appela :

– Bonsoir princesse, cela fait bien longtemps que je n'ai pas eu le bonheur de te voir, Lawrence m'a dit que tu es sur la route en direction de l'Allemagne, l'aéroport prochain est à Innsbruck .. je plaisante ma petite, tu peux poursuivre ton voyage en toute tranquillité, les ventes de Oasis ont démarré en flèche grâce à ton visage lumineux, les femmes s'identifient à toi et les hommes vont les embrasser en imaginant poser leurs lèvres sur ta peau halée, j'organise une présentation du parfum avec un défilé fin octobre, prépare-toi à être consacrée mannequin de l'année 2016.

Leurs bagages étaient prêts depuis longtemps lorsque le chauffeur se présenta à l'hôtel, à 18h la Bentley franchit la grille du parc et se gara devant le perron. Mr Hans-Dieter von Back les accueillit sous la banderole rouge sang Les loups du Sahel. Il leur fit visiter de suite le premier étage réservé aux chambres d'amis :

– Choisissez votre préférée.

Leur choix se porta sur celle avec son parquet ciré et son plafond mouluré, elle était élégante, lumineuse, des meubles anciens côtoyaient ceux patinés dans des tons beige clair de style gustavien. von Back leur proposa rendez-vous une demi-heure plus tard pour le dîner dans la salle à manger vitrée, à droite en descendant de l'escalier :

– Ce n'est pas trop tôt ?

– Non, c'est parfait, merci Monsieur.

Les baies vitrées de la salle à manger donnaient sur le parc mais ce qui captivait le regard était une œuvre qui couvrait la totalité du mur intérieur. C'était une peinture acrylique sur papier d'un bleu profond encadré d'une marge en forme de bande dessinée, une œuvre de Alechinsky non datée devant laquelle Simon resta debout :

– Année 2013 ?

von Back applaudit et le félicita.

Ils parlèrent alors de la galerie Lelong à Paris, Simon ne connaissait pas celle de New-York.

Aïcha fut priée de donner son point de vue sur le tableau. Elle parla d'abord de la décoration minimaliste de la pièce, un travail de grand metteur en scène qui valorisait l'œuvre, le bleu phtalocyanine l'émouvait, lui rappelait le ciel du Sahara certains soirs d'été lorsque les colonnes de chameaux venaient s'abreuver aux points d'eau, les taches blanches pouvaient être, en hommage, des esquisses de têtes du bestiaire de Marc Chagall :

– Je vais être très impolie Monsieur, me permettez-vous de m'asseoir face au tableau pour rêver ?

Hans-Dieter la regardait, fasciné par sa beauté et son analyse poétique, par sa façon de s'exprimer à son âge. La conversation fut animée pendant tout le repas, le jeune couple de gardiens faisait le service en souriant, Kerstin avait cuisiné à l'ancienne des médaillons de biche aux airelles, Helmut versait une cuvée Urgestein dans les verres en cristal de Bohème.

Le lendemain matin, le jour attendu se présenta avec un soleil radieux, on était le 15 octobre 2016.

Il les fit passer par la passerelle du premier étage reliant les deux bâtiments, Simon s'arrêta sur le balcon à côté de la Nana de Niki de Saint Phalle, rutilante de couleurs vives devant les lambeaux de bâche noire tendus sur la façade, Aïcha, impatiente, le tirait par la manche, deux policiers armés de mitraillettes faisaient les cent pas sur la terrasse, une voiture de pompiers stationnait sur le parking, von Back était déjà en bas. Il accueillait les vigiles, répétait les instructions, Simon et Aïcha arrivaient au bas de l'escalier hélicoïdal lorsque l'allumage soudain des spots directionnels embrasa la salle principale, ils eurent alors la révélation brutale des éclaboussures rouge-sang projetées par Simon sur la longue tache blanche, allongée au centre du premier tableau, dans sa partie inférieure.

Ils restèrent longtemps figés au milieu de la galerie. De l'autre bout de la salle, von Back observait ses jeunes invités, surpris qu'ils restent ainsi à distance sans se rapprocher du tableau pour déchiffrer les petites écritures si révélatrices de son originalité et de sa valeur, lui l'avait fait, Peter l'avait fait, mais eux, non, c'était étrange de la part d'amateurs d'art.

Les premiers visiteurs se succédaient par groupes de dix, les contrôles stricts étaient acceptés avec le sourire, la sécurité semblait effective, une hôtesse distribuait un prospectus rappelant qu'une salle avait été aménagée à la sortie du musée avec des petits bureaux pour que les visiteurs puissent s'y asseoir, écrire anonymement leurs appréciations sur les œuvres exposées et déposer les feuilles dans les urnes à droite de la porte de sortie.

Hans-Dieter expliquait à tous la présence des boîtes en carton à droite des tableaux, tous avaient pourtant le réflexe de s'approcher et de se pencher pour examiner les textes avant de lire les traductions.

Les visages alors s'assombrissaient, on sentait les couples touchés au point de se regarder en silence, les personnes seules scrutaient avec inquiétude les lieux autour d'elles comme si un ennemi allait surgir et les agresser. Aïcha allait vers ces personnes, de l'une à l'autre, souvent des femmes seules.

Elle leur parlait, les visages se détendaient, elle avait le pouvoir de les rassurer en leur souriant.

Elle était si belle avec sa robe toute simple en coton blanc, agrémentée dans le dos de petits boutons nacrés qui scintillaient sous le feu des spots du plafond, elle en profitait aussi pour recueillir leurs impressions.

Simon passait d'une salle à l'autre, s'asseyait parfois dans les fauteuils en cuir, scrutait les visages bouleversés, rejoignait de temps en temps Aïcha, ils se parlaient à l'oreille comme des complices.

von Back les observait, de plus en plus intrigué par leur comportement. A midi, il les invita à aller manger à l'auberge voisine, à table il leur expliqua :

– Helmut et Kerstin sont de faction à la maison de gardiens, après la fermeture de la galerie nous irons dîner chez Hans, demain pour le vernissage, le maire viendra vers 19h, j'ai convoqué la presse.

La serveuse attendait la commande, debout à côté de la table, elle était attentive tout en regardant ailleurs. Avant de passer à la cuisine, elle téléphona en arabe de son portable :

– Ibrahim, demain soir.…

Hans-Dieter poursuivait :

– Le maire est impatient de voir les tableaux. Vous n'êtes pas obligés de rester cet après-midi à la galerie. J'ai l'impression que les écrits sur les tableaux ne présentent aucun intérêt pour vous, toutefois pour information je vous le précise, ce sont des témoignages de morts qui viennent nous parler des atrocités dont ils ont été victimes, ils sont bouleversants, et ils justifient ma décision d'avoir mis en place cette exposition malgré les risques sérieux encourus, je suis désolé que ma mémoire soit défaillante et ne me permette pas de vous réciter un des textes sans le dénaturer.

Aïcha avait posé ses couverts, s'était penchée vers von Back pour lui parler très près de l' oreille :

– Pour lui faire plaisir en rentrant de l'école, j'avais mis ma petite robe blanche plissée, celle que maman adore, et lorsque j'arrive, j'adore qu'elle me serre dans ses bras et me dise tout bas dans le creux de l'oreille: tu es belle ma chérie. Je m'appelle Agnès, je suis morte déchiquetée par une bombe à 7 ans, 3 mois, 11 jours, à Bagdad. .

Ce fut dit sans aucune hésitation, comme si le texte était sous ses yeux, von Back était sidéré :

– Alors c'est vous l'auteur des tableaux, c'est incroyable....incroyable vraiment !

A voix très basse, inaudible aux tables voisines, elle raconta tout depuis le début :

– J'ai perdu mes parents et ma fille chérie dans un accident de la circulation en faubourg de Marrakech, je fus recueillie par ma tante et pour poursuivre mes études je faisais des ménages. Chez Simon il fallait que je déplace ses tableaux, les textes me troublaient, spécialement celui là bien sûr qui parle d'une innocente, comme l'était ma petite Dounia, le soir en rentrant dans ma chambre, je me suis répétée ce texte jusqu'à le connaître par cœur, je vous raconte tout cela parce qu'on vous doit la vérité, vous qui avez le courage de promouvoir un peintre inconnu, j'ai l'intime conviction que vous garderez secret le nom de l'auteur des tableaux et ne prendrez pas le risque de mettre sa vie en danger, en dévoilant son identité au public et en même temps aux terroristes .

Hans-Dieter était ému de cette confiance spontanée à son égard, il hésita, lui prit la main et la serra longuement entre les siennes avant de la rassurer :

– Vous pouvez dormir tranquille Aïcha, notre monde a besoin de peintres talentueux et parfois provocateurs comme Simon, allons, c'est l'heure de rentrer.

Devant l'entrée, malgré le froid, plusieurs fumeurs bavardaient. A l'intérieur beaucoup de monde circulait d'une salle à l'autre sous l'œil attentif des vigiles, un cameraman de la télévision bavaroise filmait en marchant. Il s'attarda sur Mr von Back et sur le couple qui l'accompagnait. Dans la salle n°4 une dame âgée pleurait, elle aussi avait visité le musée du Bardo.

Le portable de Aïcha sonna, elle s'excusa, Lawrence lui annonçait que Carl Olag l'avait inscrite comme mannequin, en plus des chèques du couturier, elle allait recevoir un salaire mensuel coquet,

– Oui, tu verras à partir du mois prochain.

Il évoqua le nombre impressionnant de messages et de félicitations qui circulaient déjà sur les réseaux sociaux, elle était invitée à Hong-Kong, à Milan, à Miami, un producteur de films américains avait même envisagé de…

La communication fut interrompue, elle rejoignit Simon à pas rapides, elle l'informa, elle était heureuse, ils allaient faire des grands voyages ensemble :

– Tu te rends compte mon chéri.

Certains visiteurs regardaient avec réprobation ce couple souriant, insensible aux horreurs exposées, les conversations feutrées laissaient percevoir des bribes de phrases avalées par le brouhaha ambiant

...terribles ces écritures.... des fous…. vraiment... monstrueux... on devrait tous les ....c'est indécent de montrer ...les guerres de religion ont toujours…

A 19h45 le service d'ordre verrouilla les accès et baissa les grilles, le nombre de visiteurs du jour clignotait sur l'écran de contrôle à l'entrée, 1754, les prévisions étaient largement dépassées.

Les feuilles glissées dans les urnes furent récupérées.

Un quart-d'heure plus tard, ils étaient assis à l'étage dans le bureau. La télévision donnait des précisions sur le suicide en prison du syrien soupçonné de préparer un attentat contre un aéroport de Berlin, en fin de journal un document culturel était consacré au musée von Back sous l'intitulé

«les morts-vivants»

Le présentateur soulignait l'actualité de cette exposition, énumérait les mesures de sécurité mises en place, il encourageait les téléspectateurs à venir nombreux, une première vue globale avait été prise de l'escalier en filmant la foule et les vigiles, puis la caméra s'était attardée dans la salle n°5 sur le mur marron couvert en partie de morceaux de pierres maculées de boue, celui sur lequel pendaient la pelle rouillée et le tableau en biais avec son cercle brun surmonté des dix sept empreintes noires, on put lire

- mein Name ist Shayma -

Le film s'arrêta sur ce gros plan, la suite n'avait pas grand intérêt pour eux, ils décidèrent d'aller dîner. Au restaurant, la conversation débuta sur la situation que Hans-Dieter jugeait embarrassante :

– Je vais être interrogé sur l'origine des tableaux, maintenant que j'en connais l'auteur, il va falloir que je mente.

Simon raconta alors l'épisode de la corniche de l'Esté-rel, oui, ils l'avaient vu découvrir les tableaux, les charger dans sa voiture, le plus simple était peut-être de révéler cette vérité qui coupait court à d'autres questions.

Hans-Dieter commanda une bonne bouteille de vrai champagne, du français, il avait retrouvé le sourire, ils trinquèrent pour fêter cette lumineuse idée et le beau succès de ce jour inaugural de l'exposition :

– Mais dites-moi, comment avez vous découvert que vos tableaux étaient exposés ici dans ma galerie ?

Ils parlèrent de la Bentley, de Lawrence, de son épouse l'avocate Déborah à qui il avait rendu visite.

En rentrant à la propriété, Hans-Dieter leur rappela le rendez-vous le lendemain à 19h avec le maire, avec la presse, la télévision :

– S'il vous plaît, soyez là, mais ne vous croyez pas obligé de venir toute la journée.

Une lumière froide et pure inondait le ciel en ce dimanche 16 octobre, Hans-Dieter était parti tôt, ils firent une grasse matinée câline, l'avenir leur souriait, pour elle la célébrité naissante, et pour lui cette reconnaissance anonyme de son talent, elle hésitait à lui en parler, elle s'était réveillée la nuit, elle l'avait regardé longuement, pensive, se disant que tout artiste travaillait avec l'espoir et la motivation d'être reconnu, de voir son nom dans les journaux, écrit en majuscules sur les affiches des galeries, peut-être un jour sur les frontons des musées, n'était-ce pas injuste de lui avoir demandé de cacher son identité, cette frustration imposée était certainement terrible, mais quelle autre solution pour le mettre à l'abri de représailles, elle renonça à débattre de cette question, les caresses de Simon devenaient si précises.

Kerstin leur fit un signe sympathique de l'intérieur de la maison de gardiens, Helmut leur ouvrit la grille :

– Si vous rentrez après 16h la grille sera ouverte mais il y aura une herse au sol, Achtung, levez bien les pieds parce que les piques sont terribles,

Il riait.

Ils marchèrent au bord du lac, la main dans la main, un couple de cygnes vint s'ébattre à côté d'eux, les promeneurs les saluaient au passage de Guten Tag, ils burent dans une taverne cette boisson que Hans leur avait fait découvrir, un vin chaud qui fumait dans l'air frais, les fenêtres donnaient sur le lac, les berges sur la rive opposée resplendissaient de couleurs chaudes, automnales, ils rentrèrent d'un pas vif, le froid devenait perçant, de nombreuses voitures stationnaient sur le parking, Hans-Dieter les accueillit avec un sourire :

– Vous avez une mine resplendissante, l'air du pays vous fait du bien, vous pouvez rester chez moi le temps que vous voulez, regardez tout ce monde venu voir vos tableaux Simon, vous allez devenir une célébrité anonyme et entourée de mystère.

Une bousculade se produisit devant l'entrée, la garde rapprochée du maire refusait de se séparer de leurs SP 2022. von Back dut intervenir pour apaiser les esprits et rétablir l'ordre.

Il présenta Aïcha au maire, déclara être honoré et charmé par la présence d'une représentante de la haute couture française, il hésita, posa la main sur son épaule lorsque le cameraman de la télévision bavaroise commença à filmer. Simon demanda l'autorisation de prendre l'escalier hélicoïdal pour aller à l'étage les photographier tous les trois en vue plongeante :

– Merci, ce sera un souvenir mémorable pour nous.

Il visionnait le résultat sur l'écran de son iPhone, le maire était guindé, von Back distrait, pas grave se dit Simon car Aïcha resplendissait au centre du document. Elle levait la tête vers lui d'une façon un peu effrontée, sa bouche aux lèvres entrouvertes avait cet aspect qu'il aimait tant, à la fois enfantin et sensuel, elle était heureuse, elle lui souriait, elle souriait à la vie.

Simon ressentit un grand bonheur, en même temps une satisfaction personnelle de cette exposition, il se tourna vers la baie vitrée pour regarder le parc.

La nuit était claire, son attention fut attirée par une voiture de police qui roulait lentement et vint se placer sur le parking face à la porte d'entrée. Il vit le policier sortir rapidement du véhicule, le pousser vers la façade et sauter sur le tansad d'une moto qui s'était arrêtée pour le prendre et avait redémarré en trombe. Il se remémora de suite les deux observés l'autre soir à la jumelle, la moto, c'était eux, le grand pilotant l'engin, le petit en habit de policier, il en était sûr, il allait informer de suite von Back, Il se dirigeait vers l'escalier lorsqu'une violente explosion ébranla tout le bâtiment, il sentit les marches métalliques vibrer sous ses pieds, une baie vitrée se fissura et éclata en projetant sur le sol à ses pieds des milliers de morceaux de verre, des flammes s'élevaient à hauteur du toit terrasse en léchant la façade, une épaisse fumée noire était poussée par le vent en direction du lac, des hurlements montaient du rez de chaussée.

Simon s'arrêta sur le palier intermédiaire en découvrant le spectacle des corps allongés sur le sol ou assis d'une manière bizarre, désarticulés, les cloisons de séparation sur lesquelles étaient accrochés les tableaux avaient été soufflées et reposaient sur le sol, recouvrant en partie certains corps.

C'est en la reconnaissant qu'il sentit ses jambes se dérober sous lui, il tenta de s'accrocher à la rampe, chancela et tomba évanoui.

Elle était couchée sur le ventre, ses longs cheveux posés en désordre tout autour de la tête faisaient penser à une auréole, les petits boutons nacrés cousus dans le dos de sa robe scintillaient sous la lumière d'un spot halogène décroché du plafond, ils surnageaient au milieu d'une flaque de sang qui souillait le coton blanc.

Le journal du soir de la télévision bavaroise commença d'une manière inhabituelle.

Des images de désolation envahirent l'écran sans présentation préalable, des ambulances de secours et de soins d'urgence et une unité mobile de soins intensifs stationnaient dans un périmètre de sécurité fermé par des grilles. En fond d'image on discernait une carcasse de véhicule calciné et des silhouettes de brancardiers se croiser devant une façade en partie détruite d'un bâtiment, la voix du correspondant de la télévision fut couverte au début par les sirènes stridentes des véhicules, enfin il put s'exprimer :

– Nous sommes devant le musée von Back en Bavière sérieusement endommagé il y a environ une heure par l'explosion d'un véhicule non identifié, pour l'heure les causes restent floues.

On parlait d'un attentat mais l'information n'était pas confirmée. Il s'agirait d'une voiture de police qui aurait foncé sur le musée, l'ampleur des dégâts laissait supposer qu'elle était bourrée d'explosifs, il y aurait vingt morts parmi les visiteurs et le service de sécurité, le propriétaire du musée Mr von Back, le maire Mr Kurt D* venu pour l'inauguration, et un visiteur français dont l'identité n'est pas connue étaient indemnes, c'était tout ce qu'il pouvait dire.

Quelques minutes plus tard, le cours du journal fut interrompu, le correspondant demandait l'antenne, il recueillait les informations du chef de la police
– Le corps du gardien de la propriété a été découvert à côté de la grille d'entrée du parc, tué d'une balle dans le dos, le bilan s'alourdit à vingt et un morts, une jeune fille dans le coma est hospitalisée a W*, son pronostic vital est engagé, douze blessés sont soignés à S*, le bilan est donc provisoire, il aurait pu être plus lourd car la voiture est venue se fracasser contre un pilier de l'entrée principale qui a stoppé son élan, si elle avait pénétré à l'intérieur de la galerie, personne n'aurait pu échapper au carnage et aux fumées toxiques heureusement poussées par le vent vers le lac, à ce stade de l'enquête certains points restent très obscurs, le français rescapé a déclaré avoir vu de l'étage une voiture

de police bavaroise foncer droit vers le bâtiment, son témoignage est à prendre avec la plus grande prudence car son état mental semble altéré par la douleur et aucun vol de véhicule de notre police bavaroise n'a été signalé.

Les dernières minutes du journal furent consacrées à l'attentat qui endeuillait l'Allemagne, comme toujours en pareille situation les reporters s'attardaient sur les images insoutenables, sur le sang versé, l'une des caméras resta un long moment fixe, des brancardiers chargeaient à l'arrière du véhicule de soins intensifs un corps sanglé sur une civière, l'infirmier attendait avec l'appareil respiratoire, deux policiers maintenaient un homme qui voulait à tout prix monter à côté de la femme inerte, et lorsque les portes furent fermées et que le véhicule commença à s'éloigner, on vit celui-ci tendre les bras et hurler plusieurs fois :

— Aïcha, Aïcha, Aïcha, jusqu'à ce que les feux arrière disparaissent dans l'obscurité de la nuit.

Un bref aparté fut consacré aux premières réactions politiques. Madame M* exprima son indignation et assura les familles des victimes de son soutien. La caméra revint sur les lieux du drame, fit découvrir l'intérieur dévasté de la galerie.

Le sol était jonché de cloisons renversées, un grand pan de plafond suspendu pendait au bout d'un rail, des morceaux de métal noirci avaient été projetés avec force, s'étaient incrustés dans les murs et dans certains canapés.

Hans-Dieter von Back, hagard, méconnaissable, était assis sur l'un d'eux, son bras gauche entourait les épaules de l'homme assis à côté de lui, prostré :

– Pardon Simon, pardon Simon, répétait-il, tout cela est de ma faute.

La jeune fille hospitalisée n'avait aucun papier sur elle, seulement sa robe en coton blanc avec la grande tâche de sang dans le dos, mais elle avait été identifiée, la nouvelle divulguée à la presse, Aïcha Beloussi, la jeune berbère de 18 ans, égérie du couturier français Carl Olag, a été hospitalisée dans un état critique en Bavière à l'hôpital de W*.

A 22h, une dizaine de photographes et journalistes étaient devant l'entrée principale, le docteur Kurt M*, directeur de l'hôpital, expliquait à son ami rotarien von Back et à Simon, assis face à lui :

– La seule certitude pour l'instant est que votre amie n'a reçu aucune blessure corporelle, le sang sur sa robe n'est pas le sien, mais celui d'une victime proche qui a rejailli sur elle, plusieurs examens du cerveau et des organes sont en cours pour déceler d'éventuels dérèglements liés à son état comateux.

Il précisa :

– Des témoignages laissent supposer que ces patients ont une perception de ce qui se passe autour d'eux, il vous faudra du courage demain en la voyant inerte, restez très calme, s'il est exact qu'elle puisse reconnaître votre voix, ce sera prudent de ne pas l'effrayer, elle sera à la chambre 124.

Dans la voiture Hans-Dieter téléphona au chef de la police, il fallait que des policiers restent sur place pour la surveillance toute la nuit,

– A cause des pillards tu comprends.

Après l'entretien, von Back se tourna vers Simon :

– Pardonnez-moi Simon, c'est quoi cette histoire de voiture de police que vous auriez vu, cela leur semble invraisemblable, certains prétendent que l'honneur de la police bavaroise est mis en jeu.

Simon se contenta de répondre :

– Oui, j'ai dû rêver,

En réalité il revoyait très bien la moto avec les deux hommes, la scène était associée à la dernière image du visage heureux de Aïcha levé vers lui, ses lèvres lui murmuraient des mots tendres inaudibles.

Il sut qu'il garderait le silence, il ferait justice lui-même, il en frémit malgré le siège chauffant.

Il ne put s'endormir avant une heure avancée de la nuit, les images cernaient sans relâche son corps agité de gestes brusques, le visage de Aïcha tendu vers lui revenait souvent au milieu des séquences de la galerie dévastée, lorsque l'épuisement le fit s'assoupir, ses mains cherchèrent en vain plusieurs fois dans son demi-sommeil le corps aimé, ce furent au petit matin les bruits des travaux qui lui firent reprendre conscience, une entreprise installait une palissade en bois devant l'entrée de la galerie, une autre déposait la banderole et les bâches noires, von Back donnait des ordres en fumant un cigare, il était coiffé de son pana-ma, il n'était pas rasé, des hommes aux mains gantées étaient penchés sur les restes calcinés de la voiture, un policier à côté d'eux recueillait leurs prélèvements.

La température avoisinait les 2° en ce 17 octobre, les haleines des ouvriers laissaient des traînées blanchâtres devant le ciel gris.

En conduisant il tournait souvent la tête vers la place vide à sa droite, il ne se souvenait pas avoir été seul en voiture depuis la première nuit passée avec Aïcha, elle l'accompagnait toujours, même à l'épicerie du village voisin, elle riait et lui disait en plaisantant :

– Trop mignonne la serveuse, je viens avec toi.

En y pensant le tracé de la route devenait trouble au travers de ses yeux. Il fut en avance à l'hôpital, un tableau affichait – visites de 10h à 17h - on lui proposa de s'asseoir, il préféra faire les cent pas :

– Bonjour Mr Hartman, mon nom est Claudia, je suis l'infirmière en chef de l'établissement, le directeur m'a demandé de vous accompagner,

Devant la porte 124, elle se retourna, son sourire était chaleureux :

– C'est un moment très difficile qui vous attend Monsieur, votre amie dort paisiblement les yeux fermés, son immobilité absolue en toutes circonstances ne donne pas l'impression d'avoir un être vivant en face de soi, mais elle vit Monsieur, sans aucune souffrance. Permettez-moi ce conseil, restez devant la porte entrouverte pour la voir avant d'entrer, et respirez à fond, bon courage.

Il le fit, il entrebâilla la porte.

Elle reposait de tout son long sous un drap blanc telle une statue en marbre de Carrare, paupières baissées, sa chevelure coupée très court la faisait paraître plus jeune, lui donnait l'air d'une enfant dormant d'un sommeil profond, il respira plusieurs fois et poussa la porte :

– Je suis en retard ma chérie, j'ai parlé avec Hans-Dieter de l'exposition, il te donne le bonjour.

Il prit tendrement sa main et la porta à la bouche, elle était chaude, inerte, elle ne frémit pas sous ses lèvres, il la garda un moment entre les siennes, la reposa à plat sur le drap, s'assit sur un tabouret à côté du lit. Il continua à lui parler des nouvelles conditions climatiques, des branchages chargés de glace le matin :

– Il faudra bien te couvrir en sortant.

Plusieurs infirmières passèrent durant la journée, elles marchaient en silence en évitant de faire du bruit, l'une d'elles apporta un fauteuil, elle sourit à Simon avec insistance :

– C'est plus confortable que ce tabouret.

Il s'y assoupit de suite, se réveilla en sursaut lorsque son portable sonna, c'était une voix inconnue, la personne s'excusa, c'était Carl Olag.

– Comment va-t-elle, dites-moi la vérité, on a appris la nouvelle aux infos hier soir, alors c'est vrai, elle vit, il faut attendre et espérer, je prends le premier avion demain pour Munich, cela ne vous dérange pas, Aïcha m'a souvent parlé de vous.

Simon conduisait comme un automate en regagnant son hôtel, le ciel s'encombrait de nuages menaçants, la demi-obscurité rendait la conduite difficile, sans s'arrêter à la réception, il gagna sa chambre et se jeta sur le lit, le visage au creux des oreillers, il pleura sans aucune retenue, comme un enfant, puis se leva, fouilla dans le placard à la recherche de la carte mémoire, il dut redescendre chercher la jumelle dans la voiture, il fit alors défiler les images en tremblant d'impatience, la moto adossée au tronc d'arbre fut enfin là.

A l'exception d'une partie d'une lettre cachée par un branchage, on pouvait lire la plaque d'immatriculation, il la photographia avec son iPhone et l'adressa par mail à Déborah :

— Trouve-moi s'il te plaît le propriétaire de cette moto et son adresse, c'est urgent, merci, bisous.

Hans-Dieter téléphona pour prendre des nouvelles de Aïcha, s'excusa de n'avoir pu lui rendre visite, les travaux, les assurances, son avocat, la police :

— Vous comprenez Simon, mais mes pensées vous ont accompagné toute la journée, allons dîner ensemble, ce n'est pas raisonnable de rester seul, je serai heureux d'être avec vous.

Tous les quotidiens de ce 17 octobre affichaient en première page des titres en caractères gras, l'un d'eux avait multiplié son tirage par deux et titrait

« l'Allemagne est en guerre contre des ombres »

Le texte décrivait les lieux sinistrés, donnait le bilan provisoire des victimes, justifiait le titre de l'article par l'absence du moindre indice permettant de mettre un nom sur les auteurs de cet acte odieux, la seule personne ayant donné une information était un étranger dont l'état mental ne permettait pas, en l'état, de prendre sa déclaration avec sérieux, le journaliste évoquait ensuite avec un certain lyrisme les ombres en marche qui avaient sanctionné par cette action de représailles les paroles de ces morts-vivants revenus parler des horreurs dont ils avaient été victimes.

Hans-Dieter était arrivé avant l'heure pour regarder le journal télévisé de 20h dans le salon attenant à la salle de restaurant.

L'attentat faisait l'objet d'une édition spéciale, on revoyait la façade de la galerie, noircie par les fumées. La carcasse de la voiture avait été enlevée, on discernait un petit cratère à sa place, les baies qui furent vitrées s'ouvraient sur un espace de désolation, des ouvriers y travaillaient, la caméra s'attarda sur des taches rouges, ça et là.

La présentatrice rappela le bilan provisoire, l'enquête était au point mort, l'épouse du gardien assassiné d'une balle dans le dos était au moment des faits dans la chambre de leur bébé malade dont les pleurs avaient couvert le coup de feu, un membre de la policier vint déclarer qu'aucune voiture de police n'avait disparu des inventaires, que l'information avancée la veille était donc erronée. Les propriétaires des maisons voisines avaient été interrogés, personne n'avait rien vu, la webcam du centre ville n'avait rien révélé de suspect, l'enquête s'avérait difficile.

Pendant le repas von Back parla des tableaux, ils sont en bon état général, quelques retouches de votre part suffiront, le n°2 par contre, celui relatif à l'attentat du 11 septembre à New-York a été crevé par un éclat de métal et nécessite sa restauration :

– Simon, il vous revient de prendre la décision, que désirez-vous faire de vos tableaux ?

La réponse éclata avec une telle violence que des têtes aux tables voisines se tournèrent vers eux :

– Les brûler, Monsieur von Back,, les brûler tous.

Simon s'était redressé un très court instant, hagard, puis son dos s'était voûté, il avait murmuré à voix si basse que von Back avait dû se pencher vers lui :

– Ils apportent la douleur, vous le voyez bien, ils sont responsables de la mort d'innocents, peut-être de celle que j'aime, il faut les détruire, ils sont maudits.

Le mardi matin 18 octobre le temps avait changé, pas elle, à la même place dans la chambre 124, les voilages en tulle avaient été tirés pour protéger son visage du soleil, Simon fit les mêmes gestes que la veille, en premier entrouvrir à peine la porte pour voir ses paupières toujours closes, respirer à fond pour avoir le courage d'entrer et dire avec naturel :

– Tu as une mine splendide ce matin, ma chérie

Puis prendre avec précaution sa main inerte, légère, y poser ses lèvres en ayant le fol espoir de la sentir vivre au contact de sa bouche, la garder entre les siennes avant de la reposer le long de sa hanche, dire encore pour que la surprise ne soit pas brutale :

– Carl va venir te parler de vos projets.

Puis continuer à lui parler de tout et de rien jusqu'à ce qu'une infirmière vienne annoncer à voix basse :

– On vous demande à la réception Mr Hartman.

Carl Olag était là, un manteau de cuir aux revers en fourrure blanche laissait voir un gilet rose bonbon et un pantalon bouffant gris clair, ses nattes étaient tenues par des petits colliers de perle, il arpentait le hall comme un fauve, il omit de se présenter :

– Dites-moi, comment va-t-elle ce matin ?

Simon lui conseilla de se calmer, lui expliqua ce qu'il devait s'obliger à faire, lui parler seulement des bons souvenirs et des projets, être rassurant, il resta un très long moment dans l'entrebâillement de la porte, répéta plusieurs fois à voix basse :

– Les salauds, les lâches, on devrait les..

Il entra, tomba à genoux à côté du lit près de sa main sur laquelle il posa délicatement ses lèvres :

– Bonjour ma petite fée, cela me fait plaisir de te voir, toute l'équipe t'embrasse, Chloé voulait venir, entre nous, je crois qu'elle a un béguin pour toi.

Il se releva, ôta son manteau, le laissa glisser au sol, s'assit sur le fauteuil :

– Vous permettez Simon ?

Il parla alors de leur voyage au Maroc, d'une voix douce en évoquant la Koutoubia et les pentes de la vallée du Zat couvertes d'eucalyptus et de lauriers roses, ses intonations devenaient âpres en décrivant les ruines en pisé des villages alignés au pied des montagnes de l'Atlas enneigé, ses paroles prenaient les mêmes accents que ceux des chants berbères la nuit autour des feux dans le désert à Ouarzazate, sa voix tremblait en évoquant cette scène d'intimité :

– Te souviens-tu de ta surprise en sortant de la salle de bains lorsque tu m'as trouvé sur une des bergères dans ta suite, tu étais très belle ma petite.

Simon prit ainsi connaissance d'épisodes intimes de la vie de Aïcha. Il n'en éprouva aucune jalousie, ces évocations de son pays natal avaient fait naître en lui le fol espoir qu'elle se réveille à leur écoute. Il guetta des réactions sur son visage, cela jusqu'au moment où les aide-soignantes vinrent les prier de sortir pour pouvoir faire la toilette du malade.

Sur le palier, avant de fermer la porte, Carl Olag se tourna pour regarder une dernière fois sa petite fée :

– Simon, connaissez-vous l'abbaye de Fontevraud ?

Cela faisait dix ans mais il se souvint :

– Si elle vous fait penser au gisant d'Isabelle d'Angoulême, il existe en effet des similitudes.

Un taxi attendait Carl Olag, sa silhouette filiforme se découpa devant la porte d'entrée ensoleillée, des photographes attendaient sur les marches du perron.

Ils se précipitèrent mais lui s'était retourné :

– Venez me voir à Paris, Simon, j'ai une collection assez rare de Julius Bissier à vous montrer, Aïcha l'a adorée quand elle a dormi dans mon loft.

Il fut réveillé tôt par un bip de son téléphone, l'écran affichait

- propriétaire: Ibrahim Dögulu
- adresse: 76, chemin de la forêt, B*

Simon nota les informations sur un papier, le plia soigneusement et effaça le message de son iPhone. Sous la douche, les images de l'attentat défilèrent une fois encore sous ses yeux, celui qui pilotait la moto était maintenant connu :

– Tu vas voir, ordure.

Il appela Déborah avec le téléphone de la chambre, il eut son répondeur :

– Merci ma belle tu es un ange.

Avant de prendre la route, il chercha un magasin de presse, y acheta une carte détaillée au 1/100 000, il arriva plus tard à l'hôpital, le médecin de service compulsait un écran dans la chambre.

Son visage attentif inquiéta Simon, dans le couloir le médecin lui annonça :

– C'est juste un minuscule écart du tracé de l'électro-cardiogramme, rien de grave.

Il embrassa tendrement la main de Aïcha :

– J'ai reçu des bonnes nouvelles de Déborah.

Il parla de l'appel téléphonique de Lawrence hier soir

– Il est à Los Angeles, il viendra te voir à son retour, il a signé plusieurs accords publicitaires pour le parfum Oasis, tu vas recevoir des royalties, tu vas devenir riche ma chérie.

Comme avant-hier, comme hier, il espérait voir une réaction de satisfaction sur son visage ou sentir une pression de ses doigts sur les siens, même la plus infime aurait été merveilleuse, il attendit très long-temps, en vain, alors il prit la carte de la région et la déplia sur le bureau, il trouva vite le chemin de la forêt, il lui faudrait prendre la voiture mais ce n'était pas loin, il partirait plus tôt ce soir pour aller repérer les lieux.

Il sortit de sa sacoche le bloc de papier Canson, son coffret de crayons graphite et fusain :

– Je vais faire des portraits de toi, ne bouge pas, c'est parfait comme ça.

Il fit plusieurs esquisses et les déposa sur le bureau.

La ressemblance avec Aïcha était si frappante que les infirmières s'arrêtaient admiratives. La jolie blonde qui lui avait apporté le fauteuil lui demanda à voix très basse s'il voulait bien faire son portrait, après le travail elle pouvait, là où il voulait.

A la lisière de la forêt, il gara la voiture derrière un bosquet et marcha en direction du n° 76.

Le jeudi matin 20 octobre le porte-parole de la police fit cette déclaration aux micros de la radio : les investigations réalisées sur la carcasse calcinée du véhicule trouvé devant le musée von Back ont révélé qu'il s'agit d'un modèle utilisé par la police nationale, la BMW 3 Touring, les numéros VIN gravés sur le moteur et à l'intérieur des portes sont détruits, mais celui du châssis, en partie lisible, fait l'objet de vérifications qui pourraient permettre de connaître les dates de fabrication et de la mise en circulation de la voiture, une enquête est en cours.

Simon se rendit en ville pour acheter une parka, une paire de baskets montantes fourrées, un sac à dos, un passe montagne, une lampe torche à trois modes d'éclairage, une pelote de ficelle torsadée et un sachet d'épingles à linge.

Les néons dissimulés par le bandeau mural avaient été laissés allumés tant le ciel gris assombrissait la chambre. Sous cet éclairage le visage de Aïcha avait pris une teinte terreuse, Simon apeuré sonna pour appeler l'infirmière :

– Ce n'est rien Monsieur.

Elle éteignit les néons, alluma les spots du plafond. La main de Aïcha lui sembla très chaude, il sonna à nouveau, la température frontale fut vérifiée, elle était normale :

– Il fait un froid de canard, ma chérie, je me suis acheté ce matin des vêtements chauds, il faut que tu viennes avec moi pour faire de même.

Il passa sous silence les autres achats, il sortit de sa sacoche une boîte d'aquarelles, des pinceaux et des feuilles A4 de papier calque très fin, elles étaient presque transparentes, il s'installa au bureau, coupa les feuilles en quatre parties égales sur lesquelles il déposa des taches de couleurs toujours différentes, une fois diluées cela faisait un patchwork vivant.

Il demanda l'autorisation d'accrocher une ficelle au plafond devant le lit, on appela le docteur Kurt M*.

Il se déplaça et écouta Simon :

– Ces taches multicolores lui seront certainement agréables quand elle ouvrira les yeux.

Kurt M* regardait le visage tourmenté de Simon, il faisait pitié tant sa détresse était visible. Pourtant l'espoir était encore là « quand elle ouvrira les yeux ». C'était presque inhumain de lui refuser cette raison d'espérer, il lui accorda l'autorisation

Simon accrocha avec les épingles à linge toutes les petites feuilles transparentes sur la ficelle, il laissa un petit espace entre chacune, elles se suivaient côte à côte mais vibraient de manière différente au souffle de l'air conditionné ou lorsque la porte s'ouvrait,

C'était un ballet incessant, multicolore, il animait la chambre d'une vie nouvelle, le bouche à oreille fonctionna vite, les infirmières admiraient, la blonde s'attardait, tentait d'attirer l'attention de Simon indifférent, des médecins et soignants des services voisins défilèrent tout l'après-midi.

Simon devint une vedette connue, l'artiste un peu fou qui rendait visite tous les jours au malade du 124.

Il quitta l'hôpital plus tôt, la nuit tombait vite en cette période hivernale.

Il gara son Audi derrière le même buisson. Il se changea pour affronter le froid, il suivit le chemin, cette fois jusqu'à une immense clairière.

Tout au fond de celle-ci reposait au n°76 le Petit Nid, le Kleines Nest, c'était donc bien là qu'habitait le terroriste.

Simon fit le tour de la clairière sous couvert des sapins, ce fut au retour qu'il découvrit au loin l'échelle d'un mirador, il y monta avec précaution, une trouée dans les arbres laissait voir la maison et son appentis. C'était vraiment inespéré, avec la jumelle la vision devenait d'une incroyable précision.

Une tablette permettait de poser les coudes pour ne pas trembler, Simon observait en détail la maison et un escalier s'enfonçant vers ce qui devait être une cave.

A 18h30 un homme descendit de bicyclette pour ouvrir le portail, Simon le reconnut de suite, si j'avais une carabine pensa-t-il, ce serait facile de le tuer mais sa mort serait beaucoup trop brutale, non, cet individu qui avait conçu et mis froidement à exécution un tel acte barbare méritait le châtiment auquel il pensait jour et nuit depuis dimanche soir.

Son agonie devait être lente et douloureuse.

Il était assis très tôt le lendemain dans sa voiture dissimulée derrière le buisson à l'entrée du chemin de la forêt, il souhaitait vérifier si la veille au soir l'homme arrivait de son travail, s'il empruntait ce chemin tous les jours. A 8h Ibrahim Dögulu passa à quelques mètres de lui en pédalant vers la ville, Simon le suivit en voiture à distance respectable jusqu'à l'entrepôt des engrais, c'est ainsi qu'il prit connaissance de l'itinéraire quotidien du terroriste, la première partie de son plan de vengeance était de ce fait devenu plus précis, la seconde partie restait floue, il lui fallait revoir des photographies prises par Aïcha la semaine passée lors de leur visite des châteaux de Louis II, certainement son portable était resté depuis le matin du drame dans leur chambre chez Hans-Dieter von Back.

Il passa en premier à la propriété, le lit resté ouvert exhibait les draps froissés par leurs étreintes câlines du dimanche matin, il se pencha, espérant retrouver son parfum de femme amoureuse flottant encore entre les plis, il tira le couvre-lit, le iPhone était en évidence sur la table de chevet, il rechercha les photographies du château de Linderhof et celles d'un village proche où ils avaient fait une balade. Sa mémoire ne lui avait pas fait défaut, les cabanes en bois qu'il recherchait étaient bien à cet endroit, disséminées dans une grande prairie adossée aux montagnes enneigées, il vérifia sur son ordinateur le nom donné par Google Maps, la route d'accès, nota avec soin toutes les informations.

Hans-Dieter était devant la galerie, il lui parla avec émotion de sa visite à Aïcha, la veille assez tard :

– Vous étiez déjà parti, c'est une épreuve de la voir ainsi figée dans l'attente du réveil, cela va arriver demain ou plus tard, j'en suis persuadé, vos petits papiers flottant dans l'air sont superbes, courage.

Lorsque Simon arriva à l'hôpital, deux brancardiers dans le couloir poussaient un chariot sur lequel était fixé avec des sangles le corps de Aïcha.

Les paroles du médecin se voulaient rassurantes.

– Ne vous inquiétez pas Monsieur Hartman, tout est normal, les contrôles de routine vont prendre la journée, il est inutile que vous restiez à l'hôpital.

Simon doutait des affirmations du médecin, on lui cachait certainement des faits récents inquiétants. Il sortit son carnet, sa disponibilité était l'occasion de faire une nouvelle visite des lieux et de vérifier sur place des détails utiles à la bonne exécution de son plan. La journée ensoleillée s'y prêtait, il nota le nom du village sur son GPS, Farchant était sur la route de Garmisch-Partenkirchen, il y fut en 45minutes.

Il gara la voiture près de l'église, marcha au hasard, il retrouva le chemin au bord duquel se dressait le Christ en croix, les cabanes dont certaines servaient à entreposer le foin étaient dispersées dans les champs gelés, à cette heure du repas personne ne travaillait aux alentours. Simon allait d'une hutte à l'autre, inspectait l'intérieur de toutes celles dont la porte n'était pas cadenassée, il évaluait leur surface, prenait des photos avec son portable, il en sélectionna une dont l'accès serait facile même la nuit en partant de la croix en bois. La Almgasthof où ils avaient déjeuné ensemble n'était pas loin, il y grignota un ragoût de chevreuil à une table près de la cheminée monumentale, la chaise vide en face de lui le rendait insensible à tout ce qui se passait autour de lui, son esprit était accaparé par la mise à exécution de la deuxième partie de son plan.

Il reprit la route après être allé, une fois encore, voir les lieux.

– Les examens approfondis pratiqués hier ont révélé la persistance d'un petit hématome cérébral nous obligeant à intensifier notre traitement, mais rassurez-vous Mr Hartman, la jeunesse et la santé robuste de votre amie sont des facteurs positifs.

C'est en ces termes que Simon fut accueilli le matin de son arrivée à l'hôpital par le docteur Kurt M*.

Malgré son désespoir, il prit la main de Aïcha et l'embrassa plus longuement que d'habitude, il lui parla du grand pré en face du Karwendel enneigé :

– Souviens-toi, les cabanes en bois et le calvaire au bord du chemin, tu avais été étonnée du nombre important de croix souvent fleuries qui sont plantées dans les prairies et aux abords des forêts bavaroises.

Il ajouta :

– Je pars à midi en Tchéquie à Pilsen pour visiter la plus grande synagogue du monde.

Il ne pouvait lui avouer avoir un rendez-vous pour se procurer un pistolet de type X26 Taser.

La nuit passée, dans son rêve agité, deux policiers tentaient de maîtriser un homme qui se débattait avec force et avait réussi à se libérer, il avançait les poings fermés vers lui, il s'était réveillé en sursaut, les images de l'homme à la moto furent devant ses yeux, il était grand et semblait vigoureux, trop fort pour qu'il puisse envisager un corps à corps, lui qui ne s'était jamais battu de sa vie, il devait trouver un moyen de le neutraliser à distance.

Il s'était levé au milieu de la nuit et avait fait plusieurs découvertes sur son ordinateur : les bombes lacrymogènes, à poivre, les poings électriques, les pistolets électriques à distance M18, M18L, X26 interdits maintenant à la vente libre. Il découvrit avec stupeur l'existence de marchés illégaux d'armes en tous genres dans des pays limitrophes dont il vérifia les kilométrages, la place Lemmens à Anderlecht était à 8h de route, la Tchéquie était à 4h.

Il attendit le petit matin pour appeler une copine des beaux-arts qui vivait depuis deux ans à Pilsen,

Ils prirent rendez-vous vers 18h rue Riegrova, à la galerie L* où elle exposait. Après avoir traversé le Danube, il s'arrêta pour boire un café, il hésitait encore sur la manière dont il allait présenter sa demande.

Il avait pu mentir à Aïcha, mais pourrait-il cacher à Loriann une partie de son projet sans éveiller ses doutes.

Elle l'accueillit à bras ouverts, le serra contre elle, comme elle le faisait treize ans auparavant, quand ils étaient encore jeunes étudiants, tout le monde aux Beaux-Arts savait que le talentueux petit juif de la section peinture partageait la couche de la sensuelle et convoitée portoricaine Loriann :

– Tu me sembles soucieux mon petit Judio.

La galerie L* fut visitée rapidement, Simon n'était pas réceptif. Elle lui proposa de prendre un pot à l'hôtel Rous, à deux pas, la terrasse adossée aux remparts médiévaux était superbe, il faisait seulement 8°, ils décidèrent de s'asseoir à l'intérieur, face à face à une table un peu isolée sous les voûtes de la salle jaune du bar. Quand les bières Pilsen furent servies Simon lui raconta l'attentat, les blessés, les cadavres, le coma de Aïcha, son insupportable immobilité de statue aux paupières baissées depuis dimanche :

– Je ne peux laisser cela impuni, tu comprends ?

Ce douloureux appel de reconnaissance que son ami délivrait d'une voix faible bouleversa Loriann, elle se leva et prit le visage de Simon entre ses mains :

– Dis-moi ce que tu attends de moi, Judio,

Il lui raconta son rêve, la nécessité de neutraliser à distance le terroriste, plus fort que lui, pour cela il lui fallait un pistolet dont la décharge électrique le paralyserait quelques instants.

Elle ne posa aucune question, elle appela avec son portable, d'abord en espagnol puis en tchèque :

– Tu as de la chance, un ami en a acheté un pour sa femme infirmière qui rentrait tard le soir, elle est maintenant à la retraite, elle n'en a plus l'utilité et veut bien te le vendre, on a rendez-vous demain, tu peux dormir chez moi, mon copain est en déplacement à Prague, on pourra se faire un bon petit repas, arrosé d'une bouteille de vin de Moravie, on pourra parler, j'ai l'impression que tu en as besoin, mon petit Judio.

En le voyant fuir son regard et détourner la tête elle comprit :

– N'aie crainte, il y a une chambre d'amis.

Elle se réveilla au milieu de la nuit.

La lumière était allumée dans la chambre voisine. Simon reposait tout habillé sur le grand lit, ses yeux bleus ouverts fixaient le plafond.

Une folle envie de s'allonger à son côté pour le consoler la fit frissonner, c'était stupide.

Elle se raisonna.

Elle regagna sa chambre.

Ils furent tôt chez Evzen, Simon était impatient, il se fit expliquer le fonctionnement du X 26, ne discuta pas le prix, il reçut en cadeau une bombe de gel paralysant Une heure plus tard il passait la frontière à Rozvadov. Le revolver Taser et ses accessoires étaient rangés sous son siège dans un banal emballage de chocolats.

Lawrence était là, il tenait la main de Aïcha entre les siennes, il ne lui parlait pas, il se tourna vers Simon à son entrée dans la chambre, les verres de ses lunettes cerclées de métal étaient embués, son visage portait les marques de son désarroi, il entraîna son ami dans le couloir en soupirant :

– Qu'allons-nous faire Simon ?

Une banquette était adossée au mur face à la porte, ils s'y assirent, Lawrence parla alors, il raconta en détails ce qu'il n'avait pu dire à Aïcha, son voyage à Los Angeles avait été un grand succès, plusieurs contrats avaient été signé avec des firmes dont elle serait devenue l'ambassadrice en janvier 2018.

– Je n'ai pas eu le courage de lui dire, pardonne-moi.

Il s'était redressé en fixant son ami dans les yeux :

– Déborah ne m'a pas révélé la nature de tes demandes mais elle s'en inquiète beaucoup, dis-moi, tu ne vas pas faire des conneries ?

Simon imaginait les dangers potentiels de son geste mais il ne voulait pas inquiéter son ami :

– Je ne peux te dire, je ne le sais pas moi-même,

Lawrence n'était pas dupe :

– Prend garde à toi, pour Aïcha si Dieu veut qu'elle vive, et pour tes amis.

Il parla des nombreux articles de presse parus, des messages de soutien de l'agence Aliteac, en partant il ôta ses lunettes et prit Simon dans ses bras :

– Bon courage mon vieux,

Au bout du couloir il se retourna et agita la main.

Simon sortit son ordinateur de son sac à dos et la liste des achats qu'il lui restait à faire

- menottes métal de sécurité
- lampe frontale à Led
- scotch, ruban adhésif 50mm
- chaîne à maillons courts
- piquets d'ancrage au sol
- masse Facom à manche court
- gants très fins en coton
- outils divers: pince coupante, ciseaux..

Les menottes commandées sur internet avaient été livrées, il décida d'acheter les autres articles à Munich. Il prit place dans son fauteuil auprès de Aïcha, ouvrit son ordinateur, il régla le volume du son sur 45% et pianota Danzon n°2 sur Google.

Un jeune chef d'orchestre s'afficha plein cadre, il souriait à ses musiciens. Une mélodie lente, mélancolique, à la clarinette s'éleva, envoûtante, appuyée par le claquement sec des claves avant d'être relayée par le hautbois, les deux instruments en se relayant évoquaient un couple évoluant au rythme d'une danse cubaine, un bref interlude au piano solo fit transition, plus tard l'orchestre, dynamité par la fougue gestuelle de leur maestro, fut entraîné dans un crescendo sonore des cordes, des cuivres et des percussions. Simon commentait les images à voix basse à Aïcha, puis il lui parla longuement du chef Gustavo Dudamel, de sa carrière brillante, de son engagement pour former et perfectionner les musiciens de cet orchestre Simon Bolivar des jeunes du Venezuela, devenu en quelques années une référence dans le monde musical classique.

Simon était intarissable, c'était peut-être la dernière fois qu'il pouvait parler ainsi avec elle.

La clarté de l'après-midi avait cédé sa place au crépuscule naissant.

– Si tu as aimé ce chef ma chérie, nous pourrons aller l'écouter à Barcelone au Palau de la Musica, il va y diriger les neuf symphonies de Beethoven,

Il regarda longuement Aïcha, il savait bien que l'attente d'une réaction de sa part n'avait aucun sens.

Il ne pouvait détacher ses yeux du visage figé aux paupières baissées sur des espaces inconnus dont elle seule avait peut-être connaissance.

Il posa son front sur la main tiède de Aïcha, il dut faire un effort pour retenir ses larmes, les paroles de Lawrence lui revinrent en mémoire

« si Dieu veut qu'elle vive »

Il se mit à genoux et pour la première fois de sa vie, il pria un dieu auquel il ne croyait pas :

– Oui, faites cela, je vous en supplie.

A la nuit tombée, il se gara au même endroit, prit la lampe torche et arpenta le chemin de la forêt d'une extrémité à l'autre, il le fit plusieurs fois, s'arrêtant pour examiner chaque recoin où il pourrait se dissimuler pour attaquer le terroriste, le stère de bois empilé sur le bas-côté, assez près de l'entrée, lui semblait être la cachette appropriée.

En lui est la nuit, la nuit profonde.

La nuit des cœurs meurtris, des esprits à la dérive, la nuit des campagnes lointaines, des forêts cernées par une obscurité pesante, envahissante, abîme de frayeurs incontrôlées, les températures glaciales mordent et transpercent la peau, il avance à grands pas, il marche droit vers sa vengeance comme la flamme monte vers les ténèbres, le faisceau lumineux de sa lampe frontale le guide jusqu'au stère de bois, il place avec soin plusieurs bûches alignées sur la largeur du chemin, il sort de son sac à dos le pistolet, les menottes, la torche, le ruban de scotch, il éteint sa lampe. Il est 18h15.

Ibrahim Dögulu ne devrait pas tarder.

Il est en retard, Simon sent la morsure aiguë du vent qui s'engouffre dans la trouée des sapins, il cherche sous ses doigts les boutons de sa parka, il se replie d'un geste rapide qui lui courbe le dos et rapproche les épaules, des images fugitives de confort passent devant ses yeux, la chair implore, pourquoi ne pas rentrer et se mettre au chaud, les paroles du médecin soucieux ce matin devant les appareils dans la chambre lui viennent à l'espri « la nuit fut un peu difficile mais elle lutte ».

Lui aussi va se battre pour elle, mais aussi pour tous ceux qui sont morts, les innocents pour lesquels des bougies brûlent en permanence devant les grilles du musée von Back.

Il se répète les gestes à faire, le phare de la bicyclette devient visible à l'entrée du chemin, sa lumière blanche tremble au passage des ornières, elle se rapproche et met en évidence les bûches alignées en travers du sentier, l'homme hésite, se rend compte de l'impossibilité de passer, il descend de bicyclette et profère des mots arabes, il ouvre sa veste et sort un couteau à cran d'arrêt, peut-être se souvient-il des paroles de sa femme lorsqu'elle fut stoppée au même endroit, il regarde devant lui, il est de profil.

Ce serait mieux s'il faisait face.

Simon l'appelle doucement :

– Ibrahim, Ibrahim.

Il se tourne surpris, il reçoit en pleine poitrine les deux électrodes du X26, il tombe au sol, foudroyé.

Simon lui passe les menottes, d'abord aux poignets puis la seconde paire aux chevilles, il lui colle le scotch sur la bouche en faisant plusieurs fois le tour de sa tête. Ibrahim a déjà repris connaissance, il tente de se libérer, se débat avec une telle vigueur que les menottes lui entrent dans les chairs, du sang coule de son arcade sourcilière ouverte lorsque son front a heurté la pédale de sa bicyclette en tombant, ses yeux cherchent son assaillant dans l'obscurité, des grognements sourds restent dans sa gorge.

Simon épuisé s'est assis sur une bûche et regarde Ibrahim rouler à ses pieds, telle une bête aux abois, il s'étonne d'en éprouver une certaine satisfaction. Il range son matériel dans son sac, remet les bûches sur le stère, il cache la bicyclette dans les fourrés puis tire Ibrahim derrière lui par les pieds sans se soucier que son crâne traîne alors sur le sol gelé.

A l'entrée du chemin où la voiture louée le matin à l'aéroport Franz-Josef Strauss de Munich est garée, il hisse avec difficulté Ibrahim dans le coffre et lui fouille les poches pour trouver son téléphone.

Celui-ci doit, à coup sûr, contenir des informations, il le prend pour appeler le poste de police locale :

– Le terroriste de l'attentat du musée von Back est Ibrahim Dögulu, vous en trouverez les preuves sur son portable caché sous une pierre au pied d'un arbre à l'entrée du chemin de la forêt à B*.

Quelques flocons de neige scintillent devant les réverbères de la route départementale, il pose le iPhone sur une grosse souche pour l'isoler du sol et le couvre d'une pierre plate.

Il rejoint la route principale en direction de Garmisch-Partenkirchen, il augmente le son de la radio pour ne pas entendre grogner Ibrahim, la circulation à cette heure est dense, il conduit prudemment.

A Iffeldorf des gyrophares clignotent dans le lointain. Simon réalise avec effroi les conséquences pour lui d'un contrôle de police : la découverte du corps menotté au visage ensanglanté, du revolver X26.

Il cherche en vain une sortie, il est déjà sur les lieux, un policier est debout au milieu de la route, un disque vert tendu au bout de son bras, il fait signe de passer sur la voie gauche de la route.

Un camion est couché sur le bas côté, le moteur de la dépanneuse en action couvre le bruit des coups de pied donnés par Ibrahim sur le côté du coffre.

Le deuxième policier qui arrête les voitures venant en face fait signe de la main d'accélérer pour dégager le passage.

Un kilomètre plus loin Simon s'arrête sur le premier parking, il s'essuie le front et pose la tête un moment sur le volant, il n'a jamais eu aussi peur de sa vie.

Il réalise ce à quoi il a échappé de justesse, être menotté comme le terroriste dans son coffre, le jugement, la prison à vie, qui sait.

Il reprend la route et quitte la nationale à Farchant, le village est désert, la croix en bois est là sur la droite, il gare le SUV derrière la cabane proche de la route, les champs sont couverts d'une mince couche de neige.

Ibrahim a pris conscience de son impuissance à se libérer, il est devenu plus calme, son corps tombe lourdement au sol quand s'ouvre le coffre, Simon le traîne sans ménagements par les menottes des pieds jusqu'à la cabane choisie la veille, une fois à l'intérieur il en referme la porte, des rongeurs dérangés dans leur sommeil fuient sous la mince couche de foin.

Simon prend dans son sac à dos les chaînettes, les piquets d'ancrage, la machette Facom, il fait passer en premier la tige des piquets à l'intérieur des maillons puis enfonce à coups de machette ceux-ci en biais dans le sol gelé, un piquet à chaque coin de la cabane, il relie les chaînes aux menottes. Ibrahim a pris l'aspect d'un crucifié au sol, le sang sur son arcade sourcilière est coagulé, ses yeux implorants fixent le visage de son agresseur, à peine visible sous la lampe frontale.

Il regarde la petite lumière se déplacer puis disparaître lorsque Simon referme sans un mot la porte derrière lui. L'obscurité a pris possession de la hutte, la neige continue à tomber, elle a effacé en partie leurs traces, elle recouvrera bientôt celles du retour à la voiture, c'était bien ainsi.

Des frissons impossibles à maîtriser prennent possession de lui, ses mains tremblent sur le volant, la tension exacerbée fait place à un total abandon du corps, il attend un long moment avant de démarrer pour traverser le village, il rejoint la nationale qui longe la rivière Loisach, un espace aménagé sur la berge lui permet de se garer. Le revolver, la cartouche d'azote restante et les clefs des menottes sont jetés dans les eaux du fleuve.

La neige rend la route glissante, ses paupières deviennent lourdes, la prudence lui dicte de s'arrêter dans le premier hôtel rencontré à Eschenlohe,

La chambre proposée a un balcon et une vue superbe sur la montagne lui dit le veilleur de nuit :

– Vous verrez demain matin, Monsieur Hartman.

Le miroir de la salle de bains lui renvoie l'image d'un visage amaigri marqué de cernes profonds, cela inquiéterait Aïcha si elle me voyait, se dit-il.

Malgré l'heure tardive il prend une douche très chaude.

En se glissant dans les draps sous la couette l'image de l'autre, attaché là-bas dans la cabane, passe devant ses yeux. Il n'éprouve aucun remord, il s'endort avec le sentiment du devoir accompli.

Au milieu de la nuit il se réveille en sursaut, des cris lointains et inhumains sont dans sa tête avec une telle force qu'il se lève et entrouvre la fenêtre.

La neige tombe, la nuit cotonneuse est silencieuse.

Le lendemain matin la vue sur la montagne est superbe, les cimes enneigées brillent devant le ciel bleu, au lointain on peut distinguer des minuscules taches sombres disséminées au milieu des champs. Dans la salle des petits déjeuners la télévision diffuse les actualités du jour, les auteurs présumés de l'attentat du musée von Back seraient identifiés, les forces de police avaient investi dans la nuit une maison forestière en Bavière, au cours de l'assaut un terroriste avait été abattu, une femme arrêtée, des explosifs de fabrication artisanale et des pots de peinture verte avaient été trouvés dans une cave. Simon se félicite d'avoir eu l'idée de téléphoner à la police, il termine rapidement son petit déjeuner et prend la route pour l'aéroport de Munich, il y rend le SUV, récupère sa voiture, en conduisant il se pose la question :

– Que vais-je dire à Aïcha ?

L'impatience lui fait battre le cœur, contrairement aux matins précédents, il ouvre la porte 124 sans l'avoir entrebâillée, il lui annonce :

– Justice est faîte ma...

Sa phrase reste inachevée, il tourne la tête pour vérifier le numéro de la porte, c'est bien 124.

Le lit est vide, les draps bien tirés, la ficelle avec les petits carrés peints et les épingles à linge a disparu, les rideaux sont fermés, une forte odeur de produit de nettoyage imprègne la chambre, il doit se retenir au chambranle pour ne pas tomber, tout le décor se met à tourner autour de lui, il chancelle pour aller s'asseoir sur la banquette du couloir.

Ainsi tout est fini.

Des images défilent avec la rapidité d'un film, elle sert le champagne à la soirée de présentation de ses tableaux, elle court devant lui sur la plage en dessous de la maison, ses cheveux flottent dans le vent, elle lui tient la main dans les ruelles pavées à Carcassonne, elle prend des notes dans un cloître en ruines, elle est debout, nue, à contre jour sur la terrasse supérieure face à la méditerranée, dans la galerie von Back elle lui sourit en levant la tête, son dernier sourire avant de partir en son absence sans avoir pu lui dire adieu.

Il a l'impression d'être au bord d'un ravin, le vertige le fait vaciller lorsqu'il marche pour atteindre le banc.

La porte battante au fond du couloir s'est ouverte. L'infirmière principale Claudia court vers lui, elle crie et agite les bras, elle est folle celle-là, se dit-il :

– Monsieur, Monsieur, elle a ouvert les yeux, elle s'est réveillée, venez vite.

Elle est adossée aux coussins, le visage tourné vers la fenêtre, vers la lumière douce tamisée par les voilages. Le docteur Kurt M* parle à voix basse avec deux médecins, il pose son index sur ses lèvres et fait signe à Simon de venir de son côté, elle s'est rendormie, sa tête est légèrement inclinée, il lui a pris la main en tremblant :

– Ma petite Aïcha.

Elle entrouvre les yeux une fraction de seconde, il a l'impression qu'elle n'a pas eu le temps de le voir, il répète d'une voix hésitante :

– Je suis là ma chérie.

On l'a prévenu, souvent la sortie d'un coma est assortie de perte de mémoire, il attend avec anxiété, ce fut à peine perceptible, juste un souffle entre ses lèvres pâles, pourtant il a compris, son cœur éclate, elle l'a reconnu, elle a murmuré :

– Si..mon.

Ils l'attendaient dans le couloir, le psychologue et le kinésithérapeute lui furent présentés, le réveil était miraculeux, il fallait cependant l'informer, une rechute était possible, cela était déjà arrivé que des patients fassent un arrêt cardiaque pendant ou après leur lutte intense pour reprendre conscience de notre monde :

– C'est exceptionnel je vous rassure, par précaution nous l'avons transférée dans cette chambre proche du bloc opératoire, il est nécessaire que votre amie reste ici en observation pendant toute la durée de sa rééducation psychologique et physique, cela peut prendre une à deux semaines, il vous faut encore beaucoup de patience Monsieur.

Simon passa le reste de la journée auprès de Aïcha, il lui décrivit la nature toute proche qu'elle ne connaissait pas, le chemin de la forêt avec son sol aux ornières profondes et son plafond de branches de sapins entremêlées qui cachaient en partie le ciel, la grande clairière centrale avec sa maison forestière, puis il lui parla du château de Linderhof et de l'église de Wies, cela faisait environ dix jours :

– Tu te rappelles ?

Elle dormait paisiblement, parfois le globe de ses yeux s'animait un peu sous ses paupières fermées, elle se souvenait peut-être.

Il chantonnait dans la voiture en conduisant, des projets d'avenir bouillonnaient dans sa tête, quel pays chaud choisir pour sa convalescence, le désir de partager la joie qui le submergeait avec quelqu'un le fit appeler Hans-Dieter von Back :

– Aïcha est à nouveau parmi nous, Monsieur, que pensez-vous d'un dîner ensemble pour fêter cela ?

von Back fut d'abord incrédule, quelle incroyable nouvelle, il souhaitait des détails, il était à l'apéritif hebdomadaire du Rotary Club, le restaurant chez Hans était fermé au public :

– Allez prendre un verre au L* en face, directement au bord du lac, je vous rejoindrai vers 20h30, on pourra y manger leur spécialité de poisson,

Il semblait excité, il répéta :

– Quelle incroyable nouvelle.

A l'hôtel, Simon rangea ses vêtements, il demanderait à Hans-Dieter de venir à nouveau chez lui tant son désir était fort de retrouver leur chambre au style gustavien et de pouvoir se glisser dans le lit, leur lit.

Le restaurant au fond du parc était accueillant, des baies vitrées animaient la façade principale, une grande terrasse entourée de jardinières béton vides en cette saison reliait la salle à manger à la berge éclairée par des lampadaires de style rétro, un ponton privé dont l'extrémité disparaissait dans les ténèbres renforçait l'impression de luxe des lieux. Simon reçut une table face au lac, en buvant son quart de Riesling il rêvait de pays ensoleillés en novembre, dès demain il lui fallait chercher sur internet un hôtel de charme sur une plage. Aïcha se reposerait, ils marcheraient sur le sable, la main dans la main.

Hans-Dieter von Back arriva avec beaucoup de retard. Le personnel s'empressa de venir l'accueillir, depuis l'attentat on ne l'avait plus revu :

– Excusez ce retard, après la réunion on a parlé du réveil de Aïcha, une énigme médicale pour Kurt, puis un autre membre du club, chef de la police criminelle du Land, nous a parlé d'autres énigmes dont l'une, Simon, vous concerne. Pour la police ces nombreuses questions restent sans réponses : qui a pu se procurer le portable de Ibrahim Dögulu pour les informer ?

Des empreintes digitales sont en cours d'analyse. Pourquoi cet inconnu a t-il dénoncé Dögulu ? Qu'était devenu Dögulu ? on a retrouvé sa bicyclette mais perdu toute trace de lui. Yasmine avait prétendu tout ignorer des activités de son mari mais confondue par les messages de son iPhone, elle avait révélé l'identité de l'homme qui avait tenté de s'enfuir, il avait participé à l'attentat, il avait aidé à maquiller une voiture particulière en véhicule de police, et Helmut S* nous a alors rappelé qu'un français avait déclaré avoir vu une voiture de la police bavaroise mais s'était ensuite rétracté, pourquoi puisque c'était la vérité. J'ai fait remarquer que cet homme était sous le choc de la découverte du corps inanimé de sa compagne, Kurt a confirmé que dans de telles circonstances il est possible de ne plus avoir conscience de la réalité...après, si des empreintes différentes de celles de Dögulu sur son téléphone étaient identifiables...

Hans- Dieter laissa sa phrase en suspens.

Il appela la serveuse pour commander le plat du jour.

Les petits papiers multicolores flottaient à nouveau, accrochés à la ficelle sous le plafond, ils dansèrent d'une manière désordonnée lorsque Simon poussa la porte de la nouvelle chambre 187, les deux spécialistes se tenaient au pied du lit et parlaient à voix basse, le matelas était relevé côté mur, le drap replié découvrait son buste incliné, elle respirait régulièrement, ses cheveux avaient été tirés en un petit chignon perché sur le haut du crâne, la tête reposait en biais au milieu des coussins ajoutés, la pâleur de son visage donnait à ses traits une finesse incomparable, elle était d'une beauté sereine à la fois saisissante et inquiétante, Simon fit plusieurs photographies avec son iPhone, les médecins lui firent signe de les accompagner.

– Elle ne va pas bien n'est-ce pas ?

Ils furent très explicites, lui expliquèrent la raison probable de sa pâleur,

— Nous l'avons portée jusqu'au fauteuil à côté du lit pour procéder à divers tests.

A la question :

— Êtes-vous bien assise comme cela ? elle avait répondu par un signe de tête affirmatif.

A la seconde question :

— Avez-vous mal quelque part ? elle avait répondu par un signe de tête négatif.

Cela prouvait sa capacité de compréhension et celle de son cerveau à envoyer les bonnes réponses.

Ils ajoutèrent que son réflexe rotulien était normal, une atteinte du système nerveux était écartée :

— Vous le voyez, Monsieur, vous pouvez être rassuré, ne lui parlez pas aujourd'hui, son effort pour vous répondre serait fatiguant.

Il décida de rentrer. Hans-Dieter surveillait la pose d'une plaque en marbre sur le mur de la galerie.

Le 16 octobre 2016
vingt et une personnes sont mortes ici
victimes de la folie barbare des terroristes islamistes

Il tendit à Simon un trousseau de clefs, lui expliqua qu'il s'absentait pour quelques jours et lui confiait la propriété.

– J'ai fait livrer ce matin dix toiles de grand format, un lot de peintures acryliques et tout ce qu'il vous faut pour travailler, vous êtes chez vous ici, préparez votre future exposition dans la galerie avec des œuvres sans texte ajouté, j'insiste, je veux pouvoir écrire le nom de l'artiste sur les affiches.

Simon mit un certain temps à réaliser, son geste instinctif de reconnaissance fut vite maîtrisé, ce serait déplacé avec une personnalité comme Mr von Back, mais celui-ci lui ouvrit les bras pour une accolade :

– Embrassez Aïcha pour moi.

Il était surpris de son geste affectueux tout à fait inhabituel, surtout envers un homme, il ne se souvenait pas d'une situation semblable en se mettant au volant de sa Bentley :

– Je deviens vieux.

De la chambre Simon téléphona à Lawrence :

– Si, je t'assure, elle a entrouvert les yeux et m'a regardé, non, c'est trop tôt pour venir la voir, je t'envoie une photo d'elle.

Il se rendit à la galerie par la passerelle.

En arrivant sur le palier supérieur, en haut de l'escalier, il fut obligé de s'arrêter un instant tant son cœur battait. Il revoyait la scène dans toute son horreur, avec son lot de cadavres au sol parmi les cloisons soufflées.

Heureusement il ne restait aucune trace de l'attentat excepté la plaque commémorative sur la façade. A l'intérieur la rénovation était terminée, le nouvel escalier métallique conduisait au sol en travertin du rez de chaussée, sur les murs blancs étaient accrochées à intervalles réguliers dix toiles vierges, une feuille A4 était scotchée sur le mur :

– Travaillez bien en gardant à l'esprit que Aïcha a un jugement très sûr pour les œuvres d'art.

Il se mit au travail de suite, une rage de peindre s'était emparée de lui, cela faisait si longtemps qu'il n'avait pu s'exprimer, il se nourrissait avec les victuailles trouvées dans le réfrigérateur, rendait visite à Aïcha et lui parlait pendant deux heures des grandes tâches de couleur dont il couvrait les toiles, des nuages qui se bousculent dans le ciel, disait-il.

Elle l'écoutait sans rien dire, elle lui souriait et serrait sa main, ses lèvres se tendaient vers lui, elles frémissaient sans pouvoir dire :

– Je t'aime.

Aïcha quitta l'hôpital le dimanche suivant, elle était encore faible mais marcha jusqu'à la voiture en donnant le bras à Simon. Ils prirent directement la route en direction de Oberstaufen sans repasser par la propriété pour éviter d'éventuelles questions, une chambre était réservée dans l'hôtel L*, la vue de la terrasse sur les montagnes enneigées était superbe. Aïcha aimait y rester, emmitouflée dans plusieurs couvertures, elle riait de voir en rentrant le bout de son nez devenu rouge, des massages quotidiens lui permirent en une semaine de s'asseoir dans le bain à remous et sur les marches de la piscine intérieure, cela lui donnait bon appétit, elle adorait l'atmosphère chaleureuse de la salle de restaurant, tout le monde était aux petits soins pour elle, pas bavarde mais si belle et souriante.

Carl Olag et Lawrence téléphonaient souvent, elle les inquiétait, les écoutait sans rien dire.

Les ventes de Oasis avaient progressé à l'approche des fêtes, Hans-Dieter était venu leur rendre visite deux fois, il avait parlé de sa collection personnelle, il avait vendu une lithographie de Miro et un Alechinsky.

En aparté il avait informé Simon qu'une galerie de New York était intéressée pour 180 000 dollars par son tableau du 11 novembre, en l'état, tel qu'il était avec sa grande déchirure, révélatrice de l'attentat. Ils parlèrent des dernières nouvelles, l'avis de recherche n'avait rien donné, Ibrahim Dögulu restait introuvable, l'enquête était toujours au point mort,

Peter et sa secrétaire Anna étaient rentrés de leur séjour offert aux Bahamas, ils ignoraient ce qui s'était passé en leur absence.

Deux semaines avaient passé, son bilan de santé était satisfaisant, elle pouvait supporter la fatigue d'un vol long courrier, Carl Olag avait fait réserver deux places en business class, il fallait que Aïcha soit reposée pour la séance de photographies prévues à Miami Beach dans son duplex, le contrat signé par Lawrence avec C* serait ainsi honoré, la publicité pour leur nouveau rouge à lèvres liquide paraîtrait bien comme prévu pour Noël.

L'immeuble était situé au bord de la plage, Aïcha y avait passé la première journée dans le sable.

Des photographes de presse l'avait saisie dans toutes les positions, elle n'était pas étonnée de les voir s'activer autour d'elle, elle donnait l'impression d'avoir oublié qu'elle était un mannequin connu, l'égérie d'un couturier célèbre.

Le soir Simon fit une tentative pour tenter de la faire sortir de son indifférence, il lui avait montré la publicité Oasis :

– C'est superbe, tu sais où est-ce ?

Il fut effrayé tant son visage s'était un instant contracté de douleur, ses lèvres avaient tremblé, avaient répondu à voix basse :

– Aït-Ben-Haddou.

Cette nuit là, ils dormirent très peu, elle parlait de son voyage à Ouarzazate, il l'écoutait, médusé, elle avait retrouvé la parole, elle lui parlait de son pays, des grandes étendues de sable, des plaines fertiles le long des oueds.

Simon lui caressait les cheveux, il avait le désir fou de l'étreindre mais elle semblait très fatiguée, le psychologue lui avait recommandé, pas de relations jusqu'à ce soit elle qui le demande.

Le lendemain une équipe envahit le loft, des spots et des cloisons furent mis en place.

Mario S* était arrivé de New-York, lui qui avait photographié des célébrités du monde entier fut de suite fasciné par la finesse du visage de Aïcha, par sa pâleur. Il fit refaire le maquillage plusieurs fois, exigea que la pâleur soit accentuée pour que la couleur du rouge à lèvres soit éclatante. Il fut odieux avec elle, il tournait autour d'elle comme un fauve :

– Incline la tête davantage, à droite, un peu plus, à gauche, regarde-moi, plisse les paupières.

Il fit retoucher la coiffure, la mèche plus haute sur le front, les éclairs du flash inondèrent son visage d'une blancheur inquiétante, enfin il se calma, il vint vers elle, l'embrassa :

– Merci ma petite, tu as été formidable.

Carl Olag était venu fin novembre pour quelques jours, il avait insisté pour qu'ils restent dans son duplex, il avait réservé une suite à l'hôtel F*, ils le virent plusieurs fois se promener sur la plage en compagnie d'un jeune éphèbe à la peau colorée.

Ils décidèrent de rester à Miami pour y passer le mois de décembre, la température était clémente, ils faisaient des promenades tôt le matin. Elle restait l'après-midi à l'ombre sur le balcon, elle regardait l'océan, feuilletait un album sur le Maroc que Simon lui avait acheté.

Elle reprenait des forces.

Un soir très tard elle se coula vers lui, ce fut comme la caresse d'une vaguelette venue s'échouer contre son flanc :

– Je suis prête, mon Simon,

Il restait hésitant, depuis son retour de l'hôpital il s'était contenté de lui caresser les cheveux jusqu'à ce qu'elle s'endorme, de sa voix douce cette nuit-là elle lui chuchote au creux de l'oreille des mots tendres teintés de désir, son corps d'amante s'offre et se tend vers la main qui effleure avec précaution son fruit velouté, son index engendre la naissance de l'onctueux baume d'amour, sa respiration alors devient courte, des mots berbères se mêlent à ses implorations :

– Viens mon amour, viens.

Il s'est levé, son membre tendu luit fièrement un instant dans la pénombre et vient battre contre sa toison, elle l'accueille au fond de sa chair avec une intense crispation de ses doigts ancrés sur les reins de son maître à bord, la tempête se lève, leur navire tangue sur les draps froissés, le feu qui les anime les fait dériver vers des rivages brûlants, les langues se mêlent, les regards s'émerveillent de la jouissance perceptible sur le visage de l'autre, plus tard encore son cou se tend, sa tête bascule vers le mur opposé, ses courtes plaintes de femme haletante deviennent un râle rauque suivi d'un cri aigu, il perd le contrôle qu'il s'était imposé pendant de longues minutes, il éclate en elle.

La publicité eut un succès international, c'était un cliché noir et blanc avec une tâche rouge sang, une déchirure des lèvres sensuelles dans un visage pâle avec des grands yeux sombres comme certains lacs profonds de montagne.

Après les trois mois passés en Floride, ils rentrèrent, Lawrence les attendait à l'aéroport.

La presse avait été convoquée, un photographe s'activait, le lendemain le journal régional titrait
- la top-modèle Aïcha Bel est de retour au bercail -
C'était l'idée de Chloé, garder les trois premières lettres de Beloussi pour simplifier le nom et faire un pseudonyme attractif « la belle Aïcha Bel ».

Aïcha avait souhaité en premier passer voir sa tante puis ils dînèrent chez Lawrence, Déborah avait pris Simon à l'écart :

– La presse a annoncé que le terroriste responsable de l'attentat en Bavière reste introuvable à ce jour, j'espère que mes informations n'ont pas de relation directe avec cette disparition,

Simon avait détourné la tête, elle comprit et ajouta :
– Je préfère ne rien savoir.

Ils retrouvèrent avec émotion la maison.

En entrant dans le salon Aïcha marqua un temps d'arrêt en découvrant les tableaux de Simon de sa première période, des grandes étendues colorées, évanescentes, aux contours incertains. Elle se rapprocha pour lire la signature et s'assit :

– Quand on fait une tache sur un vêtement ou sur la nappe, on a le désir de l'essuyer de suite pour la faire disparaître, mais toi, tu réussis à donner à tes taches une présence si intense que l'on sent leur volonté d'exister et de faire partager leur lumière,

Elle ne fit pas allusion à d'autres peintures, peut-être n'y en avait-il pas dans sa mémoire.

Pendant leur longue absence Lawrence avait veillé à l'entretien de la maison, tout était comme avant, presque, ils étaient partis en été, maintenant les températures avoisinaient les 12°, toutes les chaises longues avaient été rangées dans l'annexe mais ils aimaient rester un moment debout sur les terrasses en se tenant par la taille, ils regardaient le ballet des mouettes au dessus de la mer agitée et de quelques barques de pêcheurs, ils descendaient marcher au bord de l'eau en direction de Cannes ou sur les sentiers empierrés de l'Esterel. En rentrant elle se mettait au piano, jouait ses sonates préférées, Mozart, Debussy, aussi des airs connus de blues qu'elle interprétait en chantant d'une voix un peu rauque si envoûtante que Simon venait s'accouder au piano et l'écoutait en silence ébloui par l'intensité de son exécution :

– Tu devrais faire une soirée jazz pour Lawrence, je suis sûr qu'il te présenterait à des organisateurs de spectacle.

Elle souriait :

– Un jour, peut-être, quand je serai vieille et moche.

Ils se blottissaient souvent étroitement serrés l'un contre l'autre dans le canapé face à la cheminée, aucune contrainte ne les empêchait à tout moment de la journée de courir en riant comme des petits fous vers la chambre pour se jeter enlacés sur leur lit, son plaisir était toujours si intense qu'elle se disait :

– Que vais-je devenir si nous sommes séparés ?

Les nuits de Simon étaient souvent agitées, elles étaient peuplées d'appels venus de très loin, il se réveillait en tremblant, couvert de sueur malsaine, elle caressait son visage :

– Que t'arrive-t-il Simon ?

Il savait très bien, ne pouvait rien dire, alors il inventait des rêves.

Les contrats se multipliaient, elle était sollicitée en différents endroits du globe, Lawrence devenait pressant, elle devait honorer les engagements pris.

Simon s'était assis dans son atelier pour ouvrir les deux lettres reçues de Hans-Dieter von Back.

Dans la première se trouvait un chèque de 150 000 dollars avec ce commentaire :

– Mon cher, ce n'est pas mal pour un début, félicitations, je n'ai pu me résoudre à brûler les autres tableaux comme vous me l'aviez demandé, la situation a changé, il se pourrait que Aïcha soit intéressée et heureuse de les revoir, ici ou chez vous, que souhaitez-vous ?

La seconde contenait cette coupure de journal,

« Un corps humain a été découvert hier dans une cabane à foin à Farchant en Bavière, la partie encore lisible de la carte de séjour a permis d'identifier Ibrahim Dögulu, l'auteur de l'attentat du musée von Back en octobre dernier ».

Dans la lettre manuscrite jointe, Hans-Dieter affirmait que la police était persuadée d'une vengeance. Une indiscrétion avait permis aux médias d'être informés.

Les chaînes de télévision avaient diffusé plusieurs fois cette nouvelle sensationnelle qui avait déclenché des controverses passionnées dans les discussions au bureau, dans les usines, dans les universités, sur les réseaux sociaux.

Le rétablissement de la peine de mort pour les terroristes et les assassins d'enfants était souvent évoqué. Hans-Dieter avait découpé le résultat du dernier sondage.

	% oui	non	nuls
- les terroristes et les meurtriers d'enfants méritent la mort	72	22	6
- la réponse par la violence aggrave les tensions	58	34	8
- il est inadmissible de faire justice soi-même	64	14	22
- c'est bien que Ibrahim Dögulu ait payé pour ses crimes	82	5	13

Une autre coupure de presse jointe faisait état d'une enquête ouverte suite à une information en provenance d'un loueur de voitures à l'aéroport de Munich. A l'occasion de la revente de plusieurs véhicules de l'agence, un nettoyage approfondi de ceux-ci avait fait découvrir au fond du coffre de l'un deux une gourmette gravée au prénom Ibrahim.

Yasmine Dögulu interrogée dans sa cellule avait confirmé qu'il s'agissait bien de celle de son mari. L'enquête semblait difficile, huit clients, pour la plupart des étrangers, avaient loué le SUV depuis la date de disparition du terroriste.

D'autres articles joints parlaient des débats télévisés organisés à l'occasion de l'intérêt manifesté par la population. Des journalistes, des juristes, des hommes politiques et gens du peuple, tous avaient débattu du sujet pendant deux heures, la violence des propos avait révélé les divergences d'opinions et le désarroi de la société allemande face au terrorisme aveugle.

Simon resta un long moment prostré sur sa chaise.

Il imaginait le déroulement des événements dans le Werdenfelser Land au pied des Alpes bavaroises, la stupéfaction et l'effroi du cultivateur propriétaire de la hutte à foin, le dégoût des policiers chargés des constats, il mesurait l'ampleur des réactions que son geste avait déclenché.

En se levant, son visage se refléta dans le miroir de l'atelier, les paroles que son père disait lorsqu'il était jeune lui revinrent à l'esprit :

– L'important mon fils est de pouvoir se regarder dans la glace le matin sans avoir honte de soi.

Il se regarda longuement, étonné que cet homme en face de lui dans le miroir ait pu commettre un tel acte.

Il pensa aux milliers de morts innocents, il se dit que celui-là avait payé pour ses comparses assoiffés de sang, en même temps il se demandait :

– S'il vivait encore, serais-je capable de regarder mon père droit dans les yeux ?

Ses réflexions furent interrompues par les appels de Aïcha qui montaient de la cuisine :

– Tu viens, le déjeuner est prêt.

Simon prit toutes les coupures de journaux et la lettre de Hans-Dieter, il les jeta en passant sur les bûches enflammées de la cheminée du salon.

Quelques jours plus tard il se réveilla au cours de la nuit, la place à côté de lui était vide, les draps étaient froids, le réveil affichait 4h50, il appela Aïcha sans obtenir de réponse, la salle de bains était vide, il se leva et emprunta l'escalier d'accès à l'étage, elle était assise dans le canapé et regardait un tableau posé à terre, adossé au mur, c'était celui avec les taches brunes et les deux K, celui qui osait clamer :

– Nous irons…...sur vos tombes.

Elle tremblait, elle pleurait à sanglots courts en s'essuyant le nez :

– Vous m'avez menti en disant que j'étais tombée dans la rue et que ma tête avait heurté le trottoir, ce tableau me rappelle d'autres que j'ai vu quelque part dans un lieu que je ne peux identifier, j'ai fait cette nuit un rêve horrible, des personnes hurlaient, se tordaient au sol, Simon, tu dois me dire ce qui s'est passé.

Il lui dit la vérité sur l'attentat, sur son séjour à l'hôpital, il lui décrivit ses visites journalières, aussi celles de Lawrence, de Carl Olag, de Hans-Dieter, il lui affirma que les terroristes avaient disparu sans laisser des traces, il lui avait raconté tout cela en la serrant contre lui dans le lit, corps nus l'un contre l'autre, poitrine contre poitrine, ses grands yeux sombres ne quittaient pas les lèvres de Simon qui lui révélaient un épisode inconnu de sa vie, elle ne l'interrompit jamais, à la fin, lorsque les premières lueurs de l'aube se mirent à danser derrière les stores elle lui dit :

– Merci, mon amour.

En s'endormant elle se vit enfant dans le ksar perdu au fond du désert, sa mère la berçait dans ses bras :

– Écoute le vent ma petite Aïcha, il vient de loin, il a beaucoup d'histoires à te raconter.

Ses cheveux lui tombaient à nouveau jusqu'aux reins, sa beauté naturelle et la finesse de ses traits séduisaient les photographes, elle était interviewée pour des émissions télévision, au cours du mois de mars on la vit avenue Montaigne pour présenter les dernières créations de Carl Olag, puis dans des studios photos à Milan, Rome, New-York, Londres, sur des marches d'hôtels de luxe au bras de personnalités. Dans les cocktails elle côtoyait des artistes connus de cinéma, le bruit avait circulé qu'un producteur américain s'intéressait à elle, on la voyait dans les musées et galeries d'art, dans des foyers de salles de concerts classiques où elle discutait avec des chefs d'orchestre et des musiciens renommés, elle ne refusait jamais les demandes d'entretiens des journalistes, elle avait obtenu d'eux en échange qu'ils mentionnent les noms des salles de concert où elle était photographiée.

C'est ainsi que, grâce à elle, des nombreux lecteurs de magazines people découvrirent l'existence du Concertgebouw d'Amsterdam, du Carnegie Hall de New-York, du Palau de la Musica de Barcelone, du Musikverein de Vienne, du Royal Albert Hall de Londres, du Teatro alla Scala de Milan. Dans ces lieux elle était toujours accompagnée d'un homme plus âgé à qui elle donnait la main, on sut qu'il s'appelait Simon Hartman et était peintre. Il avait un visage grave, il donnait le sentiment de porter un mal-être comme d'autres un habit de tous les jours avec une élégance naturelle, nonchalante.

Cela s'était passé à Paris, à l'hôtel L*, ils avaient demandé que le petit déjeuner soit servi dans leur suite. Le journal du jour était posé sur la table roulante, en première page une photographie de la hutte à foin en Bavière était accompagnée de ce texte « C'est dans cette cabane que l'auteur de l'attentat contre la galerie von Back a été découvert ». Le geste de Simon pour dissimuler le journal fut si brutal que Aïcha fut intriguée, elle demanda à voir, insista, prit connaissance de l'article qui reprenait en détail les événements depuis l'attentat, elle avait pâli :

– Pourquoi voulais-tu me cacher ça ?

– Ce n'est pas agréable à lire, je ne voulais pas que ta matinée soit gâchée.

Lors des séances au studio elle était songeuse, très lointaine, le photographe la sermonna :

– Aïcha, tu ne peux pas faire cette gueule là.

Carl la prit à part :

– Petite fée, tu t'es disputée avec Simon ?

Elle lui parla du journal, lui demanda ce que faisait Simon pendant son hospitalisation, il ne savait rien,

– Rien, je t'assure.

A l'hôtel elle compulsa toutes les photographies bavaroises prises avec son iPhone, celles capables de lui remettre en mémoire certains épisodes de sa vie devenus obscurs, elle se souvint très bien du château de Linderhoff, elle découvrit avec effroi l'image suivante. Les cabanes étaient alignées dans le champ au pied des montagnes, alors elle chercha encore parce qu'une folle inquiétude la rendait fébrile, elle retrouva les images de Wies, la photo du Christ avec sa main tendue, puis celle du restaurant en face de l'église, là où le serveur les avait photographiés la main dans la main.

Les paroles de Simon lui revinrent en mémoire avec précision

« si quelqu'un mettait ta vie en danger, je te le jure, je le tuerai ».

En mai une pause des séances photos lui permit de prendre dix jours de vacances, Carl Olag avait réservé deux places d'avion, ce fut seulement à l'aéroport qu'elle eut la révélation de la destination, le public regardait cette belle jeune fille sautiller comme une gamine devant le comptoir Air Maroc. Un chauffeur les attendait à Agadir avec l'écriteau «Aïcha&Simon», il avait reçu instruction de ne pas divulguer où il les conduisait. La route longeait l'Atlantique puis la région rocailleuse fit place à des oasis de verdure, Mohamed ralentissait parfois pour leur montrer un spectacle éton-nant, des chèvres en équilibre sur des branches d'arbres ressemblant à des oliviers, il était fier d'expliquer :

– Ce sont des arganiers, ils sont avec le tourisme la richesse de la région, ils produisent l'huile d'argan.

Quelques chameaux, des chevaux, des touristes marchaient à pas très lents sur le sable au bord de l'océan, Aïcha riait, parlait mi-arabe, mi-français.

Quand les murailles de la médina de Essaouira se profilèrent sur le bleu du ciel, Mohamed les prit en photo, il leur remit les clés de la voiture et partit à pied vers la ville.

Simon avait réservé un bungalow blanc aux volets bleus tout près de la plage, il comprenait un séjour ouvert sur une terrasse face à l'océan, une belle chambre avec une petite salle de bains.

Aïcha était enthousiaste :

– Quelle bonne idée Simon, j'en avais un peu assez des hôtels de luxe.

Ils rangèrent rapidement leurs affaires, Simon avait discrètement enfermé dans le coffre de la chambre deux petites boîtes achetées à Cannes, ils partirent à pied pour visiter en flânant les ruelles tortueuses de la médina, dans les souks aux épices Aïcha parlait avec les vendeurs, jeunes ou vieux, ils s'arrêtèrent sur le port, les chalutiers en bois et les barques bleues flottaient dans la rade, les pêcheurs sur les quais remaillaient leurs filets.

Sur la place Moulay Hassan un café sympathique le T* était très fréquenté.

Ils y burent un américano en scrutant l'horizon.

Ils parlèrent avec des artistes et notèrent quelques adresses de galeries, Damgaard, Bab Sbaa, Othello.

On leur conseilla un restaurant pas loin, un ancien entrepôt de caroubes avec des belles arches de pierre, la tajine de poisson arrosée d'un Sahari blanc fut un régal, ils couraient sur le sable en riant pour retrouver au plus vite leur maison blanche, l'eau de la douche était fraîche, la terrasse avec ses lames en bois verni et ses lanternes en métal rouillé était accueillante :

– Dis-moi Simon, depuis que nous sommes dans mon pays tu n'as jamais dit comment tu le trouves.

Cette question anodine lui procura un tel embarras qu'il répondit de suite pour ne pas l'inquiéter :

– Attend ma chérie, laisse-moi le temps de repenser à tous les endroits que tu m'as fait connaître.

Il ne voulait pas lui parler de toutes ses recherches depuis cette nuit merveilleuse au cours de laquelle elle lui avait fait don de son corps de femme musulmane, à lui, le fils de Samuel qui avait échappé aux pogroms de Bessarabie. Cette disparité l'avait incité à beaucoup lire, il avait appris qu'à une certaine époque, des milliers de juifs s'étaient réfugié et avaient investi les régions berbérophones, les montagnes de l'Atlas, de la vallée du Draa, tout près de chez elle, sous la protection des tribus.

337

Mais aussi il avait découvert les persécutions dont ses compatriotes avaient souvent été victimes au cours de l'histoire du pays, les pogroms, les quartiers mellahs de Fès et d'ici à Mogador, les exécutions sommaires, les viols des filles juives sous le règne des sultans. Tous ces épisodes lui traversèrent brièvement l'esprit, mais pourquoi en parler puisqu'ils faisaient partie d'un passé maintenant mis en mémoire au musée du Judaïsme marocain et à l'annexe El Mellah à Casablanca.

Alors pourquoi parler d'événements dont elle serait attristée et viendraient assombrir leurs moments de fé-licité ?

Il se leva et prit le visage de Aïcha entre ses mains:

– Ton pays est comme ta peau, il est doux, lumineux, riche de trésors à découvrir.

Plus tard dans la soirée, Aïcha s'assit dans le lit :

– Simon, j'ai une nouvelle importante à te dire.

Elle prit son médaillon berbère posé sur la table de nuit et pour la première fois depuis qu'ils se connais-saient, elle le tendit ouvert à Simon :

– Il va falloir faire agrandir le médaillon parce que dans sept mois je pourrai mettre une autre photo de petite fille à côté de celle de Dounia.

Simon se redressa lentement en prenant appui sur ses coudes, il regarda en silence Aïcha pendant plusieurs secondes qui lui parurent interminables.

Puis il sauta du lit et se mit à danser d'une manière désordonnée autour de celui-ci en levant les bras, en claquant des mains, en chantant à tue-tête, enfin à bout de souffle, il se recoucha et prit Aïcha dans ses bras :

– On va l'appeler comment ?

Elle cita avec enthousiasme plusieurs noms amazighs dont elle donnait pour chacun la traduction. Il y était question de petite fleur, de perle précieuse, mais aussi de fille de roi, de reine guerrière, de Kel Tamacheq :

– On a encore le temps pour choisir, mon Simon.

Elle se glissa sous lui.

Il la caressa doucement, la pénétra avec précaution comme s'il avait peur de blesser le fruit de leur passion qui mûrissait en toute quiétude. Le bruit régulier du ressac des vagues arrivait du large et venait s'accorder au mélodieux crescendo des plaintes amoureuses de Aïcha.

Plus tard Simon lui demanda de se lever, de passer sa djellaba en voiles blanches dessinée par Carl :

– J'ai une surprise, moi aussi.

Pendant qu'elle s'habillait il fixa sa kippa avec une petite barrette en écaille blonde.

Les alizés puissants qui soufflaient en permanence à Essaouira avaient perdu leur force, la mer tranquille laissait ses vaguelettes caresser le sable encore chaud sous les pieds nus.

Ils marchèrent enlacés vers une lanterne à huile qui tremblotait dans le lointain.

Ce fut devant une cabane abandonnée d'un pêcheur que Simon prit dans sa poche les deux petites boîtes achetées à Cannes et les ouvrit.

Les anneaux sertis de brillants étincelaient dans leurs écrins de satin :

– Mademoiselle Aïcha Beloussi, acceptez-vous de prendre pour époux Monsieur Simon Hartmann ?

Aïcha regarda les alliances un long moment sans rien dire puis tout à coup les sanglots arrivèrent du plus profond d'elle au point de la faire chanceler comme une personne ivre.

Ils s'assirent au bord de l'écume des vaguelettes et se passèrent les anneaux aux doigts face à la nuit claire qui comptait ses étoiles.

C'est ainsi qu'ils se marièrent avec pour témoin la tendresse infinie qui habitait en permanence chacun de leurs gestes.

C'était un samedi, anniversaire de leur rencontre.